CÉLESTIN DEMBLON

CONTES

MÉLANCOLIQUES

Va-t'en, pauvre oiseau passager!
ALFRED DE MUSSET.

LIÉGE
IMPRIMERIE ÉMILE PIERRE & FRÈRE
12 — Rue de l'Étuve — 12

1888

CONTES MÉLANCOLIQUES

DÉPOSÉ

CÉLESTIN DEMBLON

CONTES

MÉLANCOLIQUES

Va-t'en, pauvre oiseau passager!
ALFRED DE MUSSET.

LIÉGE
ÉTABLISSEMENT TYPOGRAPHIQUE ÉMILE PIERRE ET FRÈRE
12 — Rue de l'Étuve — 12

1883

AU MAITRE

CAMILLE LEMONNIER

L'éclatant et vigoureux ciseleur du *Mâle*, du *Mort* et des *Charniers*, l'émouvant poète de *Thérèse Monique*,

Mon cœur et mon admiration dédient ces pages attendries et douloureuses.

CÉLESTIN DEMBLON,

PRÉFACE

Bien que les événements et les passions de la vie
publique n'aient rien de commun avec ce livre,
l'auteur doit exprimer ici sa reconnaissance à la
Démocratie liégeoise, grâce à qui il peut le publier.
Déloyalement frappé, en dépit du droit et de nos lois,
pour avoir exalté sa cause à la tribune, elle lui est
venue en aide. Il n'oubliera jamais sa cordialité spon-
tanée. Qu'elle le croie: si les persécutions devaient
hâter son triomphe, il voudrait les subir sans cesse!
De telles épreuves, d'ailleurs, ne sont que des voluptés.
L'auteur souhaiterait aux pauvres végétatifs qui n'ont
point rougi de dénaturer sciemment sa pensée, d'être
éprouvés de la sorte, s'ils pouvaient ressentir autre
chose que l'envie et la haine. Ce serait toute sa ven-
geance, car, sincèrement, il est trop vengé de voir
ces malheureux aux prises avec leur conscience (il
parle de ceux qui en ont une). Il s'apitoyerait même
sur leur sort, si toute sa pitié n'était destinée aux

infortunes enfantées ou maintenues par l'égoïsme de
leurs pareils. Va, chère Démocratie, malgré leurs
risibles efforts, ton jour les éblouira! Hiboux, ils
crieront alors. Puis, après avoir grotesquement battu
des ailes et clignoté devant ton soleil, croyant en
arrêter ainsi les rayons, ils devront rentrer dans la
nuit. Attristant spectacle, pour les généreux. Le mal
serait-il vraiment un indispensable contre-poids? On
n'ose le croire. Il semble si simple et si beau de
s'entendre fraternellement, afin de préparer le plus tôt
possible l'extinction des misères sociales! Quand elles
auront disparu, ne restera-t-il pas encore assez à
l'humanité des souffrances intimes, éléments qu'on
n'anéantira sans doute jamais?...

Dans le présent livre, éclate le cri de quelques-unes
de ces souffrances.

Deux maladies de notre époque, le doute et la
mélancolie, secouant les nerfs d'une organisation à la
fois analyste, imaginative et sensible, telle est l'expli-
cation de ces contes. Il ne s'agit pas de la mélancolie
éthérée et vague d'autrefois. La science, cette impé-
rieuse, nous a ramené dans le réel, et c'est là que
l'auteur a cherché ses sujets : le réel seul, d'ailleurs,
permet à toutes les facultés de se déployer largement.
L'auteur s'est abandonné à sa nature afin de faire
original, ou mieux, personnel; car la vraie originalité
dérive de la personnalité. Il a suivi son penchant pour

les poésies pensives ou désolantes. Il hait ces deux
choses si communes : le sentimentalisme faux et le
larmoiement à froid ; mais, douce ou violente, il aime
follement l'émotion sentie et communicative. L'émotion, voilà l'artiste ! Que va trouver le lecteur dans ces
pages ? Plusieurs traits caractéristiques de la sombre et
humoristique littérature anglaise, si magistralement
analysée par Taine. Comme particularités, une tendresse tourmentée et une jouissance morbide à creuser
la douleur et le désespoir. Si l'on demande à quoi cela
sert, l'auteur répondra que l'art ne sert à rien, si ce
n'est à émouvoir, et qu'émouvoir, c'est moraliser. Le
seul point important est de savoir si cette œuvre
porte une estampille suffisamment incrustée. La
critique le dira.

L'auteur ne lui soumet ces petites compositions
qu'avec inquiétude. Il sollicite surtout son indulgence
pour ce Protée subtil et fuyant appelé style, mais
dont on n'a jamais donné de définition exacte. On
le confond trop avec l'idée ou, plutôt, avec la nature
des idées. On le confond surtout avec le « ton ». Ce
serait une tâche difficile d'avoir à délimiter nettement le style. Une précision concise et claire paraît en
être la base. Le mouvement, le coloris, le relief, sont
affaires d'inspiration et de tact : juger quand et dans
quelle mesure il faut en user, constitue une des
marques d'un véritable écrivain. Une autre de ces

marques consiste à bien saisir le ton. Mais la première
condition de l'art, c'est de posséder une individualité
et de savoir, dans la multitude des idées, découvrir
les bonnes et les ordonner. Tous les novateurs par le
style l'ont été bien davantage encore par leurs concep-
tions, leur vision et leur philosophie. Avant tout,
l'auteur s'est donc occupé de s'écouter fidèlement.
Puis, pour la forme, son idéal a été l'alliance de la
souplesse et du pittoresque à la concision.

Maintenant, ce livre intéressera-t-il ?

Certes, il ennuyera les froids, les railleurs et les
blasés. Peut-être ne déplaira-t-il pas aux âmes
sereines. Mais il s'adresse surtout à ceux que le destin
a flagellés, c'est-à-dire au grand nombre. Pour tous,
au fond, la vie est triste. Car, que signifient de rares
et fugitives éclaircies d'insouciance et de félicité même?
Sous la lumière du ciel, la gaîté des fleurs et l'allégresse des oiseaux, les cimetières ne sont que plus
lugubres. L'auteur offre donc ces parcelles de son
cœur aux cœurs délicats et meurtris qu'il affectionne
sans les connaître : la souffrance est une fraternité. A
ceux qui trouveraient indifférentes des souffrances
personnelles, il rappellera cette pensée de Victor Hugo:
« Insensé, qui crois que je ne suis pas toi ! » Voici
bientôt l'automne ; déjà des taches dorées constellent
les verdures : saison propice pour parcourir ces
contes où palpitent des souvenances éplorées. Peut-

être ceux qui ont des souvenances leur donneront-
ils quelques larmes. Pleurer, d'ailleurs, c'est se
purifier. Et puis, elles sont si douces et si allégeantes
les larmes versées dans la paix de la solitude, de
cette divine solitude, qui ne demande pas, elle, comme
la foule aux yeux secs ou moqueurs, la pudeur de
l'attendrissement ! O le charme des regards humides
plongés dans les chers recoins du passé ! Néant que
l'espérance ! Le souvenir seul est une certitude et un
bonheur. Voilà pourquoi ces pages peuvent faire
hocher les têtes blanchies. C'est à vous aussi, jeunes
filles aimantes sans amour, que l'auteur a pensé en
les écrivant. Parfois, les ennuyeux après-dîners du
dimanche, il en a vu, se penchant aux fenêtres des
rues désertes et mornes, agitées du vague espoir
qu'allait apparaître au coin celui qui ne viendra peut-
être jamais : seuls, passait un chien errant, ou
une vieille courbée et lente... Parfois, aux vacances
de septembre, dans la quiétude ensommeillée des
villages, il en a vu, sur un banc, assoupies et
rêveuses, à l'heure où d'autres babillent en tenant la
main de leurs adorés, suivant des yeux la danse jaune
des feuilles mortes ou la fuite légère des ailes dans
le lointain de l'horizon. Oui, l'auteur voudrait savoir
son livre lu par ces oubliées. Elles le comprendraient.
Elles y trouveraient, sans qu'il leur en coûtât rien,
la consolation d'une expérience péniblement acquise.

Elles se feraient peut-être l'illusion d'une souvenance
(bien des souvenances ne sont que des illusions)...
Elles soupçonneraient que le désir vaut souvent la
possession. Elles attendraient encore, mais elles souf-
friraient moins.

C. D.

Liége, août 1883.

NUIT DE NOËL

NUIT DE NOËL

O Souvenir ! trésor dans l'ombre accru !
Sombre horizon des anciennes pensées !
Chère lueur des choses éclipsées!
Rayonnement du passé disparu !
Comme du seuil et du dehors d'un temple,
L'œil de l'esprit en rêvant vous contemple !

Victor Hugo.

Quand reviendra ma jeunesse?
Ossian.

Le soir de la veille de Noël, fuyant la ville, j'allai vers la paix bien-aimée du village de mon enfance.

Comme j'en approchais, je vis auprès de moi le compagnon ordinaire de mes songeries.

«Voici Noël, me dit-il. Jour de fête, autrefois, mon ami...

— Autrefois...

— Les bonnes soirées de Noël, quand tu étais petit ! Ne te revois-tu pas dans la pièce noircie,

devant le feu qui rougissait ton sourire joufflu
et les rides pensives de la grand'maman? La
grand'maman te répétait l'histoire du petit
Jésus en te le montrant sur les faïences de la
cheminée, mignon et bleu, endormi sur de la
paille bleue, réchauffé par l'haleine bleue d'un
bœuf et d'un âne bleus. Tu ne comprenais pas
très bien, mais étais-tu extasié ! Puis, la voix
de la grand'maman chevrotait, sur un air
mélodieux et cadencé, le vieux Noël wallon :

> Souh'! Marcie, qui fait-i freud !
> Mes dints caquet, dja reu mes deugs.
> Très doux Diew, qu'énn' djaleie !
> Ciss'-t-èfant sèret mwert di freud :
> Pwertan li po n'blameie !

— Assez, dis-je, assez. Ce souvenir est trop
riant, trop chaste, trop lointain. Oh! si lointain !.. Et pourtant, parfois, cela me semble
un rêve confus de la nuit dernière.

— Tu avais quelques années, alors...

— Je t'en supplie, assez ! Veux-tu mon désespoir ? Il y a des choses mortes auxquelles il est
dangereux de penser. Laissons ces ivresses
trop pures de la première enfance. Laissons
les doux Noëls de ce village condruzien que
j'ai quitté si jeune. Quelquefois, je revois,

derrière une allée de mélèzes, les murailles
grises et les fenêtres paisibles d'une massive
maison ardoisée. C'est ma maison natale. Jamais
je n'y retourne : des étrangers l'habitent, on l'a
badigeonnée, on a coupé les mélèzes et labouré
la prairie. Qu'irais-je faire là ? Me prendre aux
cheveux ? Et puis, la grand'maman est morte ;
et je ne connais pas même au juste l'endroit de
sa tombe. Reviendrait-elle la veille de Noël ? Je
ne le crois point : depuis quinze ans, les vers
ne doivent pas avoir laissé grand'chose de la
chère trépassée... Ne me rappelle donc jamais
cela, mon ami. La vie m'ayant rendu morne, les
images de félicité sans trouble me tourmentent :
je n'aime plus que les sensations mélancoliques.
Ne me rappelle jamais ces Noëls de la Gervagne,
si célestes que je doute parfois qu'ils aient réel-
lement existé. Parlons des Noëls de ce village,
là-bas, mon vrai village natal, puisque j'y ai
connu la souffrance.

— Soit, dit mon compagnon.

— Viens, m'écriai-je, nous irons retrouver
les veillées d'il y a quelques années ! »

Nous avançâmes.

Une gelée fraîche avait durci le sol. Bril-
lante au milieu de l'éclat doré d'une auréole, la
lune bleuissait la nuit. Aucune étoile dans le ciel

sombre, pas même l'antique étoile de Bethléem.
Le village était tranquille, presque muet. Çà
et là, au loin, des rougeurs de lumière et,
près de nous, par les fentes des volets, des
filtrées jaunâtres. Le silence enveloppait la
plupart des maisons ; dans quelques-unes seulement, murmuraient des paroles où sonnait un
éclat de rire ; et l'odeur sucrée des crêpes de
Noël, flottait, tiède, devant les portes. Dans les
cabarets, on tapageait.

« Noël s'en va, fit remarquer mon compagnon.

— Oh ! mais, répondis-je, nous ne sommes
pas encore dans mon village. Remontons ce
vallon, pour aller à Siral. »

A Siral, morne silence aussi.

Alors, subitement, je me sentis le cœur pris
comme par un étau que serrait davantage
chaque parole de mon compagnon.

« Est-ce possible ! exclama-t-il. Où sont
les gais Noëls des années dernières ? Là-bas,
on veillait : c'était chez le vieux Jacob qui
savait tant de chansons et tant d'histoires...
Maintenant, vois, la maison semble déserte, et
l'on entend les hurlements du chien : le vieux
Jacob est mort lundi ; il fête aujourd'hui la
naissance de Jésus avec ses nouveaux amis,
les squelettes du cimetière.

— Bon vieux Jacob ! pensai-je, Dieu aurait bien dû lui laisser goûter encore une nuit de Noël.

— Plus loin, continuait mon compagnon, tu peux distinguer une maison sans lumière, noire. C'est là que tu passas, il y a six ans, une veillée de Noël à la fois délicieuse et désespérée. Jeanne était... »

Je bondis, criant :

« Ah ! tais-toi donc ! »

— Jeanne était...

— Mais tais-toi, te dis-je, et va-t'en, maudit importun ! mais va-t'en ! »

A peine disparu, je le rappelai :

« Parle encore : j'aime les vertiges de la douleur !

— Jeanne était auprès de l'autre qui lui parlait bas, les lèvres touchant presque sa joue. C'est alors que tu connus ce que c'est que l'amour et ce que c'est que la haine. Le reste de la nuit, tu erras dans les bois, fou. Jamais tu n'as osé dire à cette enfant que tu l'aimais. Le jour de son mariage, comment n'es-tu pas mort ? Naguère, on t'a dit que le mari de Jeanne la battait...

— Oui... Pitié !

— Jeanne non plus, ne veille pas cette nuit

de Noël. Personne ne veille ici. Noël s'en va, mon ami, à Siral comme ailleurs. »

Minuit sonna, d'un air indifférent. Un ivrogne passait, éraillant une lubrique chanson patoise. Jésus venait de naître. Assis sur le talus de la route, je pleurais, le visage dans les mains.

Enfin, je me levai :

« Au moins, dis-je, une illusion me reste. Pour moi, pas de Noël sans neige. Il n'y a point de neige : ce n'est donc pas Noël. Cette souffrance m'est épargnée de voir aujourd'hui Siral avec le même aspect qu'autrefois à pareil jour. »

En ce moment, je remarquai que le ciel était devenu d'un gris trouble. Il me sembla qu'il allait neiger : je m'enfuis, toujours suivi de mon compagnon. Nous gravîmes les collines de Grémontay, traversâmes obliquement le plateau, et descendîmes l'autre penchant, où je m'assis sur une pierre.

« Laisse-moi, dis-je à mon compagnon. Tu reviendras plus tard. »

Et, seul, demi-somnolent, j'évoquai des scènes de Noël.

Au milieu des campagnes ensommeillées, sous le chaume d'une étable, j'apercevais un charmant

tableau de famille. Tout d'un coup, le flamboye-
ment d'un éclair traversait l'espace, illuminant
une seconde des pasteurs et des troupeaux ;
puis, dans l'ombre, des ombres humaines s'élan-
çaient vers l'étable. Aveuglantes, des blancheurs
éclataient soudain au haut des airs, et des
suavités de voix, mêlées à des harmonies de
harpes, extasiaient la terre et le ciel. Défilaient
ensuite des milliers de tableaux pressés : des
intérieurs du moyen âge où des artistes, pen-
chés dans un pieux enthousiasme, peignaient
candidement des saintes familles dans des monu-
ments gothiques ; où des poètes rimaient de
naïfs Noëls ; où des musiciens composaient pour
ces Noëls des mélodies de la plus expressive
simplicité. Passaient aussi, grandioses, des
cathédrales, éclatantes des lumières de la messe
de minuit, et de pauvres petites églises des
champs, où l'on chantait les matines.

Puis, je ne vis plus que du noir, un noir
foncé.

Enfin, lentement, il en sortit, semblables à
des essaims serrés, les mélancolies des millions
de Noëls impitoyablement engloutis par le
temps, sans qu'il en reste un lambeau de
souvenir... — Ainsi, mon village, les spectres
de mes Noëls, Lentinette, moi-même et ces

lignes douloureuses s'anéantiront, à jamais !..
dans l'effréné tourbillon des âges!.. Tourment!
tourment !.. — Je voyais donc, silencieux,
vagues, étranges, sans couleur, sans forme,
sans consistance, s'agiter faiblement sur le fond
ténébreux d'un gouffre, je voyais des êtres-
idées : les prières, les joies, les sourires, les
tendresses, les larmes, en un mot, toutes les
poésies enfantées, dans tous les pays et dans
tous les siècles, par l'épopée solennelle et riante
de Bethléem !

Peu à peu, ces apparitions s'éteignirent. Le
sommeil me gagnait.

Inopinément, des volées de cloches s'élan-
cèrent dans l'espace.

Je sursautai. Mon compagnon reparut.

« Matines ! cria-t-il d'une voix joyeuse.
Songe aux matines d'autrefois, mon ami.
L'allégresse des cloches venait t'éveiller dans
la douceur chaude de ton lit ; et, derrière les
fougères argentées des carreaux, tu voyais,
en frissonnant, de blancs points flotter dans la
nuit. Dehors, la neige grinçait déjà sous les
pas ; et des rires de jeunes filles passaient.
Dix minutes plus tard, tu sortais à ton
tour. Chemins, maisons, campagnes, arbres,
buissons, tout dormait sous la neige. L'église

avait une toiture d'albâtre, et le clocher, chaperonné d'albâtre aussi, tintait, tintait gaîment. Les fenêtres brillaient, et des silhouettes frileuses s'engouffraient dans la porte. Heure enchantée! tu courais, fredonnant un cantique ; tu entendais déjà les accords de l'orgue ; tu savais Jeanne là, agenouillée, à demi-cachée derrière un pilier... Ne vas-tu pas entendre les matines aujourd'hui ?

— Non. Pour rien au monde, je n'irais aux matines de Siral. Elles doivent être mornes et désolantes. Je n'y verrais plus Jeanne, l'église serait vide. Et si je la voyais, quelle douleur! mon ami. Puis, je te l'ai dit, ce n'est pas Noël. D'ailleurs, qu'est-ce que Noël pour celui qui ne croit plus?

— Quoi! cet émouvant petit Jésus que tu as tant adoré, tu l'oublies?

— Oh! non. Je suis toujours son disciple, puisque j'aime les pauvres et surtout les souffrants... Ce que je déplore, c'est le vol et la profanation de sa mémoire par ces ultramontains! Jésus nous appartient, comme Socrate et tant d'autres. Non, non, je ne l'oublie pas. Je l'aime pour sa tendresse enflammée qui nous brûle encore après dix-huit siècles ; je l'aime parce qu'il a conté la parabole de *L'Enfant prodigue ;* je l'aime parce qu'il a eu pitié de Madeleine. Aussi Noël ne finira jamais : après le triomphe absolu des idées de fraternité, l'Humanité célébrera pieusement l'anniversaire du doux philosophe, et il coulera sur son berceau plus de larmes encore qu'il n'en a coulé jusqu'aujourd'hui.

— Va donc le fêter.

— Les temples catholiques sont trop étroits pour contenir tant de grandeur. C'est dans mon cœur que je célèbre Noël. »

Néanmoins, je me levai : machinalement, je descendis la colline et j'entrai dans l'église de Rocie.

Dans une lumière pâle, les fidèles se tassaient en sombres masses. Un vieux curé blanchi, la face rouge, officiait sans paraître beaucoup songer à une solennité que rien, d'ailleurs, ne rappelait, ni une crèche, ni un tableau, ni un cantique. J'examinai l'église. Les rigidités blanches et froides des saints apparaissaient dans la pénombre des petites nefs. Une ligne d'étincelles de cuivre brillaient aux balustres du banc de communion. Au-dessus de la chaire, immobile au centre d'un rayonnement de bois dédoré, un gros Saint-Esprit planait. Sur les piliers étaient sculptés des blasons

d'anciens seigneurs du village : amère ostenta-
tion, impudente bravade d'une puissance que
Rome, rénégate de Nazareth, a de tout temps
favorisée au détriment des infortunés !

Les tristes matines ! Je cherchai Lentinette
des yeux : elle n'était point là. Alors, pour
faire diversion, je songeai qu'elle devait aimer
cette église où son enfance avait prié, où elle
était entrée, radieuse petite communiante, il y
a seulement quelques années Mais, malgré
tout, je restai froid, envahi par un ennui
poétique...

Je sortis et poussai, dans l'angle du
parvis, une porte criarde. Sur le jubé, trois
chantres braillaient du latin. Je redescendis
l'escalier poussiéreux, obscurément éclairé par
une fenêtre exiguë, festonnée de toiles d'arai-
gnées. A travers un réseau de plomb, par
les vitres d'un verdâtre terne, je distinguai
confusément les renflements du cimetière silencieux. Longtemps, je regardai. Immobilité
complète. Les trépassés ne sortent donc point
quelques heures de leur pourriture, comme
on le disait, pour venir revoir Noël par
les vitraux ?...

Je m'enfuis. Le jour grisaillait un peu.

sances ; et, plus tard, quand tu les croiras à
jamais perdues, je te les rendrai. Je les embel-
lirai même : ainsi, de loin, s'effacent les aspérités
des rochers les plus abrupts, qui apparaissent
alors dans toute leur magnificence. Jouis de ta
jeunesse. »

J'allais le remercier, mais il disparut à la
vue d'un gracieux visage souriant dans l'entre-
bâillement de la porte. C'était Lentinette.

« Déjà toi ! Que te faut-il ?

— Un baiser. »

Décembre 1882.

LE PAPILLON

LE PAPILLON.

Soyez béni, mon Dieu, qui donnez la souffrance
Comme un divin remède à nos impuretés
Et comme la meilleure et la plus pure essence
Qui prépare les forts aux saintes voluptés !

Je sais que la douleur est la noblesse unique
Où ne mordront jamais la terre et les enfers,
Et qu'il faut, pour tresser ma couronne mystique,
Imposer tous les temps et tous les univers.
                                    BAUDELAIRE.

Toujours ce qui là-bas vole au gré du zéphir,
Avec des ailes d'or, de pourpre et de saphir
        Nous fait courir et nous devance :
Mais adieu l'aile d'or, pourpre, émail, vermillon,
Quand l'enfant a saisi le frêle papillon,
        Quand l'homme a pris son espérance !
                                    Victor HUGO.

Un jour d'été que j'errais sur mes bien-aimées collines de Siral en lisant Byron, je vis un folâtre bambin, entraîné par les papillons loin des moissonneurs. Subitement, il s'immobilise, bouche béante, ravi : à l'extrémité d'une grande herbe grise, se balançait, comme une

fleur, un mignon papillon bleu. Et tout à coup,
vlan! le bambin s'abat dessus! Mais la fleur
s'envole. Il la poursuit avec des cris de joie,
tombe, se relève, tombe encore, se relève — et
toujours, haletant. Une de ses jambes, écorchée,
saigne. N'importe : il court, il bondit! Le trésor
fuit en zigzagant, et, vingt fois, près d'être saisi,
se dérobe. L'enfant n'en devient que plus ardent.
L'attraperait-il ? Soudain, le bambin disparaît,
et je l'entends pleurer : il venait de choir dans
une excavation.

Je cours et l'en retire. Il n'avait pas de mal,
et c'était la seule perte du papillon qui le
désolait.

Comme il s'éloignait, hoquetant, ses petits
poings aux yeux :

« Bienheureux pauvret ! pensai-je. Garde tes
larmes, mon ami, précieusement : tu n'en auras
pas de trop, quand viendront les inévitables
jours d'épreuves et d'amertume. Sois rieur et
insouciant ; car, plus tard !.. Tu verras, après
les poignantes délices de la première extase,
oh ! oui, tu verras ce que c'est que le morne
douloureux du désenchantement ! Tu verras ce
que c'est que la jalousie ! Et le doute ! cette
chape de plomb que Dante appesantit sur les
épaules d'un damné, le siècle en accablera ta

pensée ! Oh ! les semaines sombres et pensives
après un regard froid de l'adorée ! Oh! les
longues heures où, sans force, on sanglotte
étendu sur le plancher, au bruit des rires qui
passent dans la rue !

Et pourtant, va, mon pauvret, ces déses-
pérances et ces pleurs, tu le sauras, ne sont pas
ce que la vie a de plus mauvais. Elles nous
gorgent le cœur d'une âpre volupté. En outre, la
magie de l'espoir rayonne au fond de toutes les
souffrances, et comme bien des joies sont
fausses, les souffrances, qui ne désillusionnent
pas, elles, du moins, me semblent encore préfé-
rables. Oui, oui, bien des joies sont fausses, et
c'est une faveur de ne point les connaître.
Chacun de nous poursuit ce papillon, le bonheur.
Heureux souvent ceux qui ne l'atteignent pas :
ils continuent à éprouver le plus grand des
charmes, celui de le poursuivre. Sèche tes
yeux, mon enfant : si tu l'avais saisi, ta mala-
dresse lui aurait écrasé le corps et froissé
les ailes : alors que t'en serait-il resté ? de la
fange et un peu de poudre aux doigts — et tu
aurais pleuré davantage. Ainsi, les tendres se
lamentent en sondant le creux des rêves réalisés ;
puis, attristés et ennuyés, attendent la fin. Sans
l'oubli du travail et l'oubli du sommeil, ils

voudraient mourir tout de suite. Pourquoi donc
le papillon s'est-il laissé prendre ? Ils auraient
couru, couru palpitants et joyeux, couru sans
s'inquiéter des chutes ; et, de même que tu as
roulé, sans t'y attendre, dans le trou, ils
auraient été inopinément engloutis dans la
tombe — où l'on ne souffre enfin plus. »

En ce moment, je vis là-bas, sous l'azur
resplendissant, le bambin se rouler dans les
javelles. Je rouvris mon livre et continuai le
troisième acte de *Manfred*.

UN SOUVENIR DE LA GERVAGNE

UN SOUVENIR DE LA CERVAGNE

A Madame Paul H..., née Marguerite V..

Où sont les neiges d'antan ?
François VILLON.

Combien j'ai douce souvenance
Du joli lieu de ma naissance !
_ CHATEAUBRIAND.

J'avais quatre ans. Un beau matin d'été, ma grand'mère, qui sarclait ses fleurs le long du sentier du jardin, remarqua que j'allais de chou en chou, soulevant, avec d'infinies précautions, leurs lourdes feuilles, et regardant dessous, très attentif.

« Que fais-tu là donc, mon petit-fils ? me cria-t-elle enfin.

— Je cherche une petites œur, grand'maman.

— Une petite sœur !

— Oui. Ou bien un petit frère ; mais j'aimerais mieux une sœur.

— Qui t'a conseillé ?..

— Marguerite.

— Marguerite s'est moquée de toi.

— Oh ! non, grand'maman, c'est son papa qui lui a dit... L'autre jour, il a trouvé un petit garçon, lui, sous un chou !

— Allons, voyons, puisque je t'assure que ce n'est pas vrai... Est-ce que tu ne crois plus ta grand'maman ? »

Elle avait l'air embarrassé. Pour moi, ébranlé, mais non convaincu, il me fallait des preuves. Aussi repris-je, triomphant :

« Alors, d'où viennent-ils, grand'maman, les petits enfants ?... Tu fais semblant de ne pas m'entendre, grand'maman... D'où viennent-ils, les petits enfants ?... Tu ne sais pas ?...

— Du ciel.

— Qui est-ce qui les apporte ?

— Les anges.

— Ah ! mon Dieu ! ce sont les anges ! grand'maman. Où ça que les anges les apportent ?

— Dans l'église.

— Oh ! oh !... Comme c'est drôle... Où les mettent-ils, grand'maman, dans l'église ?

— Mais... qu'est-ce que cela te fait ? Va jouer, je te raconterai tantôt l'histoire du loup-garou. Va.

— Non, non. Où les mettent-ils, grand'-maman ?... grand'maman ?

— Près des saints. Tais-toi.

— Et alors, qui les porte dans les maisons?.. M. le curé ?

— Oui. »

Je courus trouver Marguerite.

« Ah ! ah ! tu sais, les petits enfants ? Eh bien, ils ne viennent pas sous les choux ! »

Et je lui appris ce que savais.

« Dans l'église !

— Oui. Si nous allions voir ?

— Allons ! »

Chemin faisant, nous ne manquâmes pas de faire voguer des feuilles d'arbres sur les mares d'eau, en sorte que nous entrâmes dans la maison de Dieu, graves, mais barbouillés. Nous voilà examinant les saints un à un. Moi, je faisais vaguement de la critique artistique.

« Les anges n'ont garde de mettre un petit enfant près de ce gros-là. Il est trop laid et il a l'air trop bête. Le petit enfant aurait peur. »

Il s'agissait de saint Rigobert.

« Près de ce vieux maigre non plus : il lui donnerait des coups de marteau. »

C'était saint Éloi.

Et ainsi de suite.

Tout à coup, Marguerite s'écria :

« En voilà un !

— Ah ! mais non, c'est le petit Jésus, celui-là. On ne le prend pas, il est avec sa maman.

— C'est dommage, dit-elle, je l'aurais bien voulu.

— Et moi ?

— Il te faut une petite sœur, toi ; moi, un petit frère.

— Tu en as déjà un.

— J'en veux bien deux. »

Nous allions nous quereller.

En ce moment, M. le curé sortit de la sacristie. Je le vois encore, après une génuflexion devant l'autel, s'avancer vers nous en aspirant une prise.

« Eh bien, eh bien, que veulent-ils ces marmousets crottés ?

— Un petit enfant, M. le curé, » dis-je avec aplomb.

Et, peu effrayé du froncement de sourcil de M. le curé, je lui contai tout.

Mais, quand j'eus fini :

« Ne parlez jamais de ces choses-là ! gronda-t-il. Jamais, entendez-vous, jamais ! Le Noir viendrait vous enlever sur les cornes ! »

Nous sortîmes, terrifiés et muets. A part moi, je pensai pourtant :

« Ce ne peut être que sous les choux. »

Dès ce jour, ma conviction fut inébranlable.

ENVOI

Madame, c'est la nouvelle de votre mariage qui me remet en mémoire ce souvenir parfumé de la candide innocence du berceau. Mariée ! vous qu'une illusion me montrait toujours âgée de quatre ans ! Mariée ! J'oubliais que vingt printemps, comme disent les divins rimeurs, ont rayonné sur votre front depuis lors. Oui, je l'oubliais; car, bien qu'autant d'hivers ou, du moins, d'automnes, aient éprouvé mon courage, bien que la souffrance m'ait fait vivre un siècle en deux ou trois années, bien que j'aie déjà des rides et, çà et là, un cheveu blanc, je trouve le temps fugitif pour ceux que j'aime, et je m'étonne de les voir vieillir.

Pourtant, tout doit vieillir et changer, c'est fatal, je ne l'ignore point. La Gervagne, que je n'ai plus revue depuis des années, est sans doute bien changée aussi ? Néanmoins, je m'obstine à me la représenter comme jadis, à l'idéaliser même un peu, en sorte que je n'ose presque aller la revoir, tant je crains être déçu et secoué... Sont-ils encore là, Marguerite, les trois tilleuls du Dix-Djurna ? Les aubépines des haies du Vérançay sont-elles toujours aussi fraîches et aussi odorantes que celles des jours de notre enfance ? Neigent-elles toujours dans les sentiers et dans le ruisseau du moulin? Ne les aurait-on pas coupées, par hasard, pour faire des fagots ? les fagots se vendent si bien depuis quelque temps ! et les marchands de bois, généralement, ne sont pas des poètes. Peut-être, M. le Commissaire a-t-il enjoint de les tailler, nos aubépines ; car il serait étonnant que la loi, le plus souvent insoucieuse de la justice, se souciât de la poésie. Mais, pas de politique ; je n'y entends d'ailleurs rien, Madame, puisque je la confonds avec la justice. Mieux vaut parler de ce bon saint Rigobert qui m'a guéri autrefois, en moins d'un an, avec l'aide du médecin, d'un gros rhume de cerveau. Demandez-lui s'il ne pourrait faire

éclater de nouveau sa puissance pour un impie :
je suis encore enrhumé. Demandez-lui... Eh !
mais, pardonnez-moi : je vous ennuie certai-
nement. Après la politique, les saints : à une
jeune mariée ! Je suis ridicule. Ah ! bah ! il
trouvera grâce auprès de vous, n'est-ce pas,
l'ancien camarade, si la galanterie lui fait
défaut ? Il ne lui reste que sa tristesse et son
affection. Presque rien. Allons, adieu, Marguerite. Madame, daignez agréer mes hommages
et mes vœux. Soyez heureuse. Restez jolie.
Embrassez votre mari pour moi, et dites-lui,
s'il n'est pas trop jaloux, qu'il a un envieux
de plus. Enfin, faut-il vous le recommander,
Madame ? ayez soin de planter des choux.

Mai 1883.

LA ROSE

LA ROSE

Le plus vieux est celui qui a le plus souffert.
                                    SHAKESPEARE.

Atomes tourmentés sur un monceau de boue.
                                    VOLTAIRE.

J'ai plus de souvenirs que si j'avais mille ans !
                                    BAUDELAIRE.

Au fond de l'abîme où, dans la nuit éternelle,
Monte au travers des temps l'éternelle clameur,
L'océan des vivants se tord, bondit, chancelle,
Et le vent dans le vide emporte sa rumeur.
                                Émile VAN ARENBERGH.

Mignonne et fraîche, elle pendait gracieusement au bout d'une tige fléchissante sortant d'un petit pot de terre. Jamais fleurette ne fut plus aimée. Quand nous chuchotions, Line et moi, accoudés à la fenêtre ouverte, nous lui laissions écouter nos confidences. Penchée entre nos visages, elle faisait miroiter, en frissonnant à la brise, une lueur soyeuse sur le front de Line ; et maintes fois, dans l'ardeur de nos baisers, nous lui avions arraché quelques

pétales. Line alors, pour la consoler, la
caressait ; puis, moi, je posais mes lèvres
dessus comme pour reprendre les caresses : j'ai
toujours été jaloux. Souvent, quand nos cœurs
débordants nous rendaient muets, n'osant nous
regarder tant nos yeux étaient pleins de larmes,
nous admirions la petite rose briller comme un
joyau sur le bleu lumineux du ciel ou sur la
fournaise dorée du soleil. Nous sommes restés
des heures à la contempler, songeurs, ou,
plutôt, assoupis dans la douceur d'une ivresse.
Oh ! n'est-ce pas, chère Line, la semaine où
vécut cette rose fut ineffable parmi les courtes
semaines de notre amour ? C'était en juillet,
dans l'alanguissante chaleur des après-dîners,
quand les tendresses sereines du printemps
deviennent à la fois molles et brûlantes ; quand
l'éternelle jeunesse et l'éternelle beauté de la
nature estivale, assombrissant notre passagère
faiblesse, rend les passions inquiètes et comme
découragées. Dans la tristesse de cette saison,
nous avons eu, nous, un peu de bonheur : c'est
beaucoup. Notre amour, bien qu'agonisant dès
sa naissance, a du moins été animé d'une
vigueur idéale les quelques jours où s'est
épanouie cette fleurette. Hasard, sans doute...

Advint que je dus m'absenter. Une rouille

commençait à crisper les pétales extérieurs. A
mon retour, j'aperçus de loin le pot sur l'appui
de la fenêtre, mais plus la rose ! Le croiriez-
vous ? mon cœur se serra. Je courus. Line
m'attendait sur la porte, je la regardai à peine.

« Las ! mon Dieu ! soupirai-je.

— Eh bien, mon ami ?

— Vois. »

Au pied du mur s'éparpillaient les dépouilles
de la petite rose. Elle que nous chérissions
tant ! La voir dans la splendeur riante de cette
soirée où sonnaient les allégresses des enfants
et les dernières notes des oiseaux, alors que
l'éclat de tant de fleurs indifférentes réjouissait
le jardin, alors que les pourpres du couchant
flamboyaient fastueusement sans même lui
envoyer la caresse et l'adieu d'un rayon ; la
voir, cette pauvrette, dans l'ombre humide ;
voir sa virginité souillée de fange, frissonner
sous les courses des cloportes ; voir la hideur
rougeâtre d'un lombric ignoblement ramper
vers elle, — je me sentis poigné !

La nuit, tout en pleurs, je griffonnai plus
de dix pages :

« . . . . O ma pauvre
adorée ! nous avons beau faire, nous avons
beau faire, la destinée de cette fleur sera notre

3

destinée ! Comme aujourd'hui, la nature étalera
triomphalement la pompe de ses magnificences,
le jour où l'on t'étendra, pour jamais, dans le
lugubre du cercueil. La nature étalera triomphalement la pompe de ses magnificences des
années et des années sur la solitude de la
tombe oubliée, au fond de laquelle des flots de
vermine envahiront ton repos et t'engloutiront
avec férocité, sans même épargner ce cœur que
tu voudrais n'être qu'à moi ; et ils laisseront à
peine tes os, qu'un fossoyeur déterrera plus
tard et que viendra enlever la gloutonnerie des
chiens du village ! Et moi, chère, où serai-je ?
Loin... Bien loin, sans doute... Qui sait, pourtant? peut-être aussi près de toi. Je le voudrais,
car voici mon rêve : nous éteindre ensemble et
dormir embrassés sous la végétation fleurie
des cimetières. Mourir ainsi ne serait pas
mourir entièrement. Dieu nous réveillerait, je
crois, de temps en temps, comme l'amour nous
réveille dans les béatitudes d'une première nuit
d'hymen ; et après une caresse et un mot
tendre, nous retomberions dans la mollesse du
sommeil en souriant. Les reptiles eux-mêmes
auraient pitié de notre bonheur ; et s'ils
venaient à le connaître, tous les amants de
l'univers, enlacés deux à deux, se précipiteraient

radieusement dans les gouffres mystérieux de
la mort ! Mais, point d'illusions, la vie n'en a
déjà que trop. Nous n'avons seulement pas
l'espoir d'être dévorés, bouches et poitrines
pressées, par la voracité des mêmes vers ! Et
c'est là ma souffrance. La terre, atome dans
les infinis, est donc encore assez grande pour
nous séparer ? Alors, que sommes-nous, bien-
aimée ? Rien ici-bas. Tout par notre âme
immatérielle. Car, n'est-ce pas, Line, notre âme
est immatérielle ! Sinon, que serait la vie ? Une
atrocité : le mal absolu. Reste la gloire, je le
sais ; mais elle n'appartient qu'au génie, et je
la voudrais aussi à l'équité qui est la vraie
grandeur. Oui, oh ! oui, l'âme est immortelle,
car l'équité ne peut s'anéantir. L'amour non
plus ! et nous nous aimons à la folie, Line et
moi... »

Je m'arrête. Voilà une des centaines de
pages fiévreusement écrites autrefois dans mon
journal. C'est la première que j'ai le courage
d'exhumer de ce tombeau où sont ensevelies
mes années mortes, et où je vais souvent les
contempler avec un charme amer. Galvanisées
par mon cœur et mon imagination, elles se
lèvent et, dans le brouillard de mes larmes,
défilent une à une, comme des visions de

défunts chéris. De même que certaines peintures anciennes, elles sont un peu fanées et un peu vagues, ce qui achève de les rendre délicieusement touchantes. Des heures durant, parfois, je m'oublie à les voir passer et repasser, et je songe que naguère, elles étaient encore vivantes...

Ah! c'est que le temps n'est qu'un éclair. Et cependant, quelle saisissante diversité de sentiments, d'idées et de faits dans ce point de l'éternité qu'on nomme une vie humaine! La vie! on dirait vraiment que nous nous efforçons de nous illusionner sur sa rapidité par la multiplicité des pensées, des événements et surtout des projets dont nous la remplissons. Notre seule jeunesse, vingt amours ou vingt caprices la tiraillent! — et nous parlons d'immutabilité! Misère! Si l'immutabilité terrestre nous ennuie et nous lasse déjà!...

Telles sont les réflexions que m'ont suggérées les lignes que je viens de transcrire.

Qu'elles font méditer, ces réflexions!

Ah! j'écrivais : « Nous n'avons seulement pas l'espoir d'être dévorés, bouches et poitrines pressées, par la voracité des mêmes vers! » J'écrivais cela! Quinze jours après, Line et moi ne songions plus l'un à l'autre. Pourquoi? Je l'ignore, au fond. Depuis lors, je n'ai plus revu Line, et je ne sais même pas ce qu'elle est devenue.

Mais la rose? demandera-t-on. Eh bien, après avoir soigneusement recueilli ses pétales, je les déposai comme un trésor dans un volume. Seulement, je ne sais plus lequel. Ils sont probablement perdus, d'ailleurs.

Voilà donc! un amour de quelques semaines, et la seule relique qui m'en restait, insouciamment égarée! Après tant de transports et tant de terreurs! Ah, va, tu auras souri, lecteur bénévole, car mon souvenir est un peu l'un ou l'autre des tiens. C'est pourquoi j'ai raconté cette histoire. Elle est banale et douloureuse. Maladive aussi et pleine d'apparentes contradictions. Mais, ne la crois pas insignifiante! De même qu'une goutte d'eau peut refléter un monde, cette histoire reflète notre époque. Elle est un épisode minuscule, mais logique, de l'angoisse effrénée de notre siècle de transition. Il est là tout entier, le tourment de nos sociétés morbides et de nos cœurs énervés.

LE VIEUX CHATEAU

LE VIEUX CHATEAU

Pourquoi promenez-vous ces spectres de lumière
Devant le rideau noir de nos nuits sans sommeil,
Puisqu'il faut qu'ici-bas tout songe ait son réveil,
Et puisque le désir se sent cloué sur terre,
Comme un aigle blessé qui meurt dans la poussière
L'aile ouverte, et les yeux fixés sur le soleil ?
                    ALFRED DE MUSSET.

Beau pays de la féerie,
Que nul encor n'a trouvé,
Doux Eden, terre fleurie,
Au moins nous t'avons rêvé.
        THÉODORE DE BANVILLE.

Le train filait à toute volée. Seul, debout
dans un froid compartiment de troisième,
courbé sous des rêveries noires, je voyais vaguement, derrière la glace vaporeuse, de ternes
paysages d'hiver fuir comme des visions.
Toujours et toujours des campagnes brunes,
des arbres nus, des villages mornes, l'assoupissement d'un fleuve plombé.

Connais-tu, lecteur, ces heures où l'ennui,

sans qu'on sache pourquoi, comme un glacial et insupportable spectre, étreint l'âme ? Ah ! l'ennui ! Plutôt la souffrance !

Le train ralentissait, je baissai la glace.

Tout à coup, dans le carré de la portière, les tours et les toits d'un vieux château m'apparurent sur le gris brouillé du ciel, au milieu d'un immense parc désert, émergeant d'un groupe de sapins dont la verdure était tachée d'éclatantes blancheurs de neige.

Quelle solitude profonde, quel charme mystérieux, là-bas ! Plus d'ennui. Je me sentis inopinément joyeux : dans mon cœur, affluait, avec des caresses douces, la poésie romantique et pénétrante des vieux châteaux.

Les vieux châteaux ! Rappelons-nous Walter Scott, George Sand, Charles de Bernard, et Jules Sandeau : les bons vieux manoirs décrits dans leurs romans ! Celui-ci leur ressemblait ; car ils se ressemblent un peu tous : ils ont tous, plus ou moins, de vieilles tours drapées dans des épaisseurs de lierre sombre, une façade sévère et des fossés verdâtres avec des roseaux et des cygnes.

Le train faisant à la station un arrêt d'une demi-heure, il me prit fantaisie de descendre et d'entrer dans la campagne. Là, contre le tronc d'un arbre, les yeux aux tours, je me perdis dans une rêverie.

Oui, il y avait dans le vieux château une héroïne blonde et angélique. Et comme on ne conçoit pas un vieux château sans une histoire d'amour, il y avait donc aussi un amoureux. Un inconnu. Un jeune noble qui voyageait pour se distraire. Il était arrivé au milieu de l'automne, non par le train, comme moi, c'est trop prosaïque, mais à cheval, au déclin du jour.

Je me le représentais, arrêté à l'aspect des tours, laissant flotter distraitement sa bride, bercé par le concert des confuses harmonies du soir qui s'éteignaient avec des douceurs de musiques très lointaines. Puis, il s'était remis en marche. Les bons campagnards, appuyés sur leurs bêches, le regardaient, d'un air respectueusement ravi, passer sur sa magnifique monture, élégant et fier, son pâle profil et ses noirs cheveux détachés sur la pourpre flamboyante du soleil couchant. Disparu derrière les arbres jaunis du parc du château où il allait demander l'hospitalité, les campagnards avaient repris leur travail avec un hochement de tête attendri, murmurant :

« Sans doute, un amoureux pour mademoi-

selle la comtesse Blanche, la providence des
pauvres. Dieu les ait en joie ! »

Rien de plus facile à deviner que le reste de
l'histoire.

Le cavalier avait mis pied à terre au bas du
perron sur lequel apparaissait précisément la
jeune comtesse Blanche, des roses à la main.
Trouble et rougeur de la jeune comtesse.
Introduction du bel inconnu dans le grand salon
rouge décoré des portraits de famille. Arrivée
du père de la jeune comtesse, un vieillard
grave, mais aimable, qui avait décidé le jeune
homme à passer l'hiver au château.

Maintenant, Blanche et Roger s'aiment. Les
journées, si douloureuses et si longues pour
tant d'humains, passent, pour eux, enivrantes
et rapides. Leur amour est tant divin qu'il n'est
pas même triste comme le sont un peu tous les
amours. De légers soupirs, des regards
humides, des baisers secrets sur des fleurs
échangées, des songeries célestes, un délire
enfin, voilà leur vie. Je me sens heureux de
leur bonheur. Je vis en eux. Qui sait ? Ils vont
peut-être apparaître, là-bas, près des sapins...
Mais non : je les vois distinctement dans le
demi-jour mystérieux d'une vaste pièce aux
boiseries brunes, assis côte à côte devant un

grand orgue à sculptures ; et je crois saisir des
lambeaux de ces vieux airs touchants, composés
par on ne sait qui, déjà entendus on ne sait
où, et faisant vibrer l'exquisité des indécises
nuances de sentiment connues des âmes délicates,
mais intraduisibles par le langage.

Puis, il me sembla que l'orgue se taisait.

Si Blanche et Roger pouvaient venir ! Je
voudrais tant les voir ! Ils doivent être si beaux !
Je leur parlerais. Je les supplierais de ne pas
laisser fuir une seule des secondes bénies
d'aujourd'hui, sans en goûter les délices, et de
faire une riche moisson de souvenirs pour se
réconforter un peu, plus tard, s'il leur vient
des jours amers....

Un bruit s'éleva derrière moi : eux ! sans
doute. Je bondis, tressaillant comme au réveil
d'un rêve. C'était un mendiant, un pauvre
vieux courbé, loqueteux, la face terreuse, le
regard craintif.

« Vous êtes du pays, mon brave homme ?...
Alors, vous connaissez les habitants du château ?

— Pas beaucoup, monsieur. On n'ose appro-
cher du château : M. le comte est si dur !

— Ah ! le comte est dur... Mais sa fille ?

— Sa fille ?... Eh bien, monsieur, tenez,
entre nous, là, sa fille ne vaut pas mieux. La

semaine dernière elle a encore chassé Jacqueline, une malheureuse, veuve avec trois petits... Trois petits ! monsieur, vous comprenez, dans cette saison... Oui, oui, monsieur, elle l'a chassée... Avec ça qu'elle ne fait pas mal parler d'elle, la jeune comtesse... Enfin ! ce ne sont pas nos affaires, n'est-ce pas, monsieur ? Chacun se conduit comme il lui plaît... Si, du moins, on aidait un peu les pauvres... Il est vrai que M. Adhémar, toujours à la ville, n'a pas trop des revenus de son père... »

Un cavalier s'approchait au trot d'un superbe alezan.

« Monsieur le baron, dit le mendiant. Le fiancé de mademoiselle la comtesse. »

La baron passa et, fouillant dans la poche de son gilet, jeta dédaigneusement un sou au mendiant, sans même tourner la tête.

Ça le fiancé de la comtesse ! Mais, à trente ans, il était plus cassé que le vieillard. Figurez-vous un singe à cheval. Un de ces fragiles avortons, vidé par les excès, et dont l'ironie narquoise de nos paysans, s'exclame : « Il est mort depuis quinze jours, et il ne s'en doute pas encore ! »

Je remontai dans le train, attristé. Il me semblait entendre le laid gommeux bâiller, étendu dans un large fauteuil du salon aux boiseries brunes ; puis, toujours bâillant, se lever et tapoter sur le vieil orgue à sculptures les premières mesures d'un refrain idiot ; puis se rasseoir, bâillant plus fort. Dans un coin, le dos tourné, renfrognée, la jeune comtesse boudait.

Dix minutes après, emporté par le train, je regardais le vieux château profané décroître au milieu de la mélancolie des arbres dépouillés du parc et des sapins de la pelouse. Au coude du chemin de fer, tout disparut.

« Et Blanche ? Et Roger ?

— Vous les retrouverez dans certains romans.

— Pas dans la vie ?

— Des sceptiques disent : jamais. Moi, je dis : parfois, mais rarement.., très rarement... »

Décembre 1882.

LA VIEILLE MORTE

LA VIEILLE MORTE

Quand vous serez bien vieille, au soir, à la chandelle,
Assise au coin du feu, devisant et filant....
RONSARD.

Mais c'est qu'elle est là morte, immobile, insensible
Je n'aurais jamais cru que cela fut possible!
VICTOR HUGO.

La vie est ainsi faite, il nous la faut subir.
LECONTE DE LISLE.

Ah! l'automne vient aux amours comme aux années!
On a beau n'y pas croire et ne l'attendre pas,
La navrante saison arrive pas à pas,
Et se fait un bouquet de nos heures glanées.
JEAN RICHEPIN.

Cette écarlate vesprée d'août, une sente nous faisait zigzaguer lentement dans l'or pâle des blés.

Enlacés, nous chuchotions tendrement des badinages :

« Lentinette, je sais un amoureux qu'un petit, un tout petit baiser enchanterait... »

Elle sourit et, toute rose, m'en donna deux.

Un bruit s'éleva. Sans y prendre garde, je me plantai devant elle, les bras croisés, faisant des efforts pour garder un air grave :

« Je ne vous avais demandé qu'un baiser, mademoiselle. De quel droit m'en octroyez-vous deux ? Je vais vous en rendre un. »

Ding !

La cloche sonnait.

« Mais vous m'en rendez trois, monsieur ! s'écria-t-elle avec une jolie moue où le sourire tremblait sous la bouderie.

— Trois ! je me serai trompé. Alors, c'est vous qui m'en devez un... Eh bien ?... »

Ding ! dong !

L'angelus, sans doute.

Ses lèvres effleurèrent ma barbe.

« Sur la barbe ! L'oubliez-vous, mademoiselle ? cela ne compte pas, ainsi qu'il a été décidé dans maintes séances antérieures. Je vous rappelle à l'ordre. Veuillez vous exécuter selon l'esprit du règlement. »

Elle riait de tout son cœur, sa gracieuse gorgerette déployée.

Ding ! dong ! ding !

Les tintements retentissaient avec une lenteur lugubre.

« Mais... c'est le glas, Lentinette ! Pour qui ?

— Pour la vieille Geneviève, dit-elle. Tu ne
la connaissais pas. Elle demeurait sur les
hauteurs : tiens, entre les bouleaux, cette
maisonnette dont la fenêtre resplendit rouge au
soleil. Elle vivait seule, mon ami. »

Ding ! dong ! ding ! dong !

« Seule ! »

L'horizon flamboyait. Les notes claires des
oiseaux crépitaient dans les airs. Les feuillages
chuchotaient. Les blés, tachetés de l'azur des
bluets et de la pourpre des coquelicots, ondulaient nonchalamment, ivres des senteurs de la
brise. Merveilleuse et puissante nature ! elle
palpitait de vie et prodiguait grandiosement
toutes ses splendeurs, toutes ses harmonies et
tous ses parfums, comme pour saluer l'humble
cadavre qui s'allongeait là, sur un grabat.

« Seule !... Quel âge avait-elle, Lentinette ?

— Septante ans, je crois..... Tu ne m'em-
brasses plus ?

— Ne t'es-tu jamais demandée où nous
serions bien à septante ans ? Lentinette, où
était Geneviève à ton âge ? Peut-être ici, ma
chère, avec son amoureux, par une soirée
pareille. Peut-être le glas sonnait-il comme
aujourd'hui pour une autre vieille essculée.
Peut-être sonnera-t-il pour toi...

— Encore tes idées sombres ! Te voilà tout pâle. Embrasse-moi plutôt ! »

Ding ! dong ! ding ! dong !

« Je t'embrasserai ; mais donnons au moins une pensée à ces pauvres trépassés obscurs qui entrent dans l'horreur de l'éternel oubli. Ecoute : as-tu déjà vu sous les paupières entrefermées la lueur affreuse des yeux morts ? Ces yeux qui nous regardent vaguement, ma chère, épient, crois-moi, épient l'expression de nos traits et implorent l'aumône d'un souvenir. Ne leur refusons pas cette aumône que nous implorerons à notre tour.

— Je t'en prie.....

— Pourquoi, Lentinette ? La pitié fait mal, dit-on : qu'importe, si elle élève ! D'ailleurs, malgré moi, j'ai pitié de cette vieille. Elle a aimé, sans doute : cela suffit pour m'attendrir. Aujourd'hui, la voilà anéantie, oubliée, indifférente à tous... Lentinette ! songe que dans cet univers où bat un millard de cœurs, pas un, sauf le mien, pas un, entends-tu, n'est serré pour elle !... Je t'embrasserai ; mais adresse lui l'adieu d'un regret... Et si je ne suis plus là où si je suis loin, puisse ton cercueil arracher une larme étrangère...

Ding ! dong ! ding ! dong ! ding !

Son bras m'entoura le cou et, la joue contre mon épaule, elle leva sur moi la 'douceur d'un regard humide de tendresse.

« Toi ! méchant, toi, tu m'oublierais ! murmurait-elle d'une voix tremblante, souriant pour ne pas pleurer. Toi ! Oui ?........ Oui ?... »

Ding ! dong ! ding ! dong ! ding !

« Chérie, vois-tu ce vieillard qui fauche péniblement ? La cervelle vidée par l'âge et les labeurs, il vit presque végétatif ; distrait, sinon sourd, il n'entend point le glas ; et pourtant, Lentinette, ces campagnes et leurs moissons d'il y a cinquante ans, l'ont peut-être vu, robuste et passionné gars, errer, comme nous, avec le vieux cadavre de là-haut, une jolie fille alors. Tantôt, à sa rentrée au village, quelqu'un l'interpellera : « Vous savez qui vient de mourir ?.. La vieille Geneviève.» Alors, lui, après deux secondes de réflexion : « Tiens ! la vieille Geneviève ! Diable ! Quand est-elle morte ? — Vers cinq heures — Tiens ! tiens ! Enfin, faut qu'on y passe tous. Un peu plus tôt, un peu plus tard. Vous n'auriez pas une pipe de tabac ?... Dire que Geneviève a failli devenir ma femme ! Voilà des années, par exemple !... Je serais veuf, à présent... Hé ! oui, veuf... » Et il continuera son chemin,

hochant sa tête branlante aux réminiscences de
cette lointaine histoire : la rencontre, les serments, les soirées du dimanche et du jeudi, la
rupture pour une danse accordée à un rival, les
lettres de supplications de la délaissée, une si
bonne fille! qui faisait des neuvaines à la Vierge
pour ravoir le bien-aimé. De quoi l'on avait
bien ri, entre camarades. La Vierge était restée
sourde. Que de détails poétiques et poignants,
peut-être, dans cet amour, Lentinette ! Mais le
vieillard sera trop fatigué pour s'émouvoir.
Bientôt même, son rhumatisme aidant, il n'y
pensera plus. Et, le lendemain, après un lourd
sommeil sans l'éclaircie d'un rêve, pendant
qu'il retournera machinalement à son travail,
si courbé par les ans qu'il passera au pied de
cette colline sans seulement voir la maisonnette,
des mains ennuyées, Lentinette, déposeront
dans l'horrible boîte le corps de son ancienne
amie.

Ding ! dong ! ding ! dong ! ding! dong!

Le morne spectacle ! Le cercueil, jaune et
silencieux, s'allonge sur deux chaises. Dedans,
à jamais, la trépassée, inerte et raide. Quelques
instants encore, elle est au milieu de ses seuls
amis, ses pauvres meubles qu'elle entretenait
maternellement (elle n'avait pas d'enfants...), et

dont la froide passivité la désolerait, si elle
pouvait soulever le couvercle et les regarder.
Va, son esseulement est complet, Lentinette. Le
portrait de l'ancien adoré, de ce vieux cadavre
ambulant, est-il suspendu à la muraille, sois
certaine qu'il n'a pas le regard dirigé vers elle.
Le Christ en croix lui-même lève les yeux au
plafond. Les poules caquettent-elles à la porte,
ne t'imagine pas qu'elles le font par affection
ou seulement par reconnaissance : elles ont
faim, rien de plus..; tantôt, quand le cercueil
sortira, elles fuiront, effarouchées ; et, si on
l'ouvrait, l'effrayante blancheur de celle qui
venait chaque jour leur jeter des miettes en
souriant, les rendrait affolées. Non, nulle appa-
rence de pitié pour la vieille morte, non ! Elle
est morte deux fois. Dieu nous garde de finir
ainsi, toi surtout, Lentinette chérie... »

Ding ! dong ! ding ! dong ! ding ! dong !

« Le vieux faucheur a sans doute fait
autrefois pareil vœu. Alors, pourquoi n'est-il
pas bouleversé de désespoir? Pourquoi ne va-t-il
pas goûter auprès de Geneviève anéantie une
nuit atroce et douce en évoquant les ivresses de
son passé ? S'il savait combien sera lugubre,
sans le cortége de son affliction, ce convoi de
septuagénaire oubliée, descendant la colline au

soleil du matin, au chant du prêtre et des
fauvettes, passant à travers l'indifférence du
village, pour la dernière fois; s'il savait, ma
chère !... Ah ! pauvre vieil abruti ! il n'a
souvenance ni souci de rien. Que demain la
servante de la ferme, en retard avec le dîner, lui
dise pour calmer son humeur : « Je vous ai
fait attendre, aujourd'hui, père Maurice : c'est
que je suis allée à l'enterrement de Geneviève »,
il grommelera : « Enterrement... enterrement... N'faudrait pas oublier celui qui travaille
non plus. » Que dis-tu de cette oraison
funèbre ? »

Ding! dong! ding! dong! ding!

« A quoi bon te tourmenter en vain! supplia
Lentinette. Imaginations, tout cela, mon ami.
Es-tu certain que ce vieillard ait aimé Geneviève?

— Eh! lui ou un autre! Si même Geneviève
a traversé seule toute sa jeunesse, qu'importe
encore! Chaque seconde éteint une existence:
ce soir donc, quelque part, je ne sais où, il y a
une vieille morte délaissée, et, non loin, un
vieillard oubliant qu'il l'a aimée autrefois... Ne
souris pas. Moi qui t'idolâtre, je me sens poigné
par ce dénoûment prosaïque et désolant d'une
ancienne histoire d'amour, semblable, n'est-ce
pas possible? semblable à la nôtre... »

Ding! dong! ding! dong! ding!

« Voyons, grand fou, laisse moi t'embrasser. T'apitoyer sur tous les maux d'autrui! Tu n'y suffirais point. Laisse-moi t'embrasser, te dis-je!

— Chère naïve! Va, les plus généreux, en pleurant sur autrui, pleurent toujours un peu sur eux-mêmes! Si je ne t'adorais, crois-tu que la fin de cette pauvre vieille m'oppresserait si lourdement? Mais je t'adore; et quand je songe à mon enfance, cet éclair d'azur, je ne nous vois, demain déjà, entrer dans le crépuscule de la vieillesse, au fond de laquelle se dressent soudain et puis nous enveloppent les noirs mystères de la tombe... »

Ding! dong! ding! dong!

« Nous y entrerons ensemble...

— Ah! le sais-tu, chérie? Si j'en étais certain! Vois pourtant Maurice et Geneviève... Écoute, Lentinette. Le temps est un monstre épouvantable et brutal qui passe ne laissant rien derrière lui. Nous fuyons quelques pas devant sa fureur, et c'est tout... Aucune puissance ne saurait l'arrêter un instant, pas même les larmes, car si tu savais combien j'en ai versé! Oui, combien!............... Dans quarante ans! où sera-t-il notre cher bois plein de muguets et de ramages? Coupé, sans

doute. La prairie solitaire et riante? Labourée,
peut-être. La pauvre caduque chaumière cons-
tellée de mousses et de campanules? Abattue.»

Ding! dong! ding! dong!

« Eh bien, je n'en serai guère affecté,
Lentinette, si, du moins, notre tendresse
réchauffe encore nos vieux cœurs... Mais, il se
peut que le vallon sera désert et méconnaissable,
que les petits fils de nos oiseaux chanteront
mal, que les amoureux s'aimeront à peine : c'est
que nous ne nous aimerons plus. Oh! me semble-
t-il, tout sera ténébreux, alors! Où seras-tu?
Où serai-je? Saurai-je où tu seras seulement?
Embrasse, embrasse-moi! »

Ding! dong! ding!

Longtemps elle resta les bras autour de
mon cou, la joue contre ma poitrine, son
charmant profil alangui par une rêverie distraite.
Dans le vaste' silence de la campagne, frémis-
sait un imperceptible bruissement d'insectes.
Les blés ondulaient toujours. Au travers des
nuages du couchant, se projetaient, comme
un immense éventail de feu, les rayons du
soleil disparu. La fenêtre de la vieille morte
étaient devenue noire. Au milieu du sentier, un
gros crapaud aspirait la fraîcheur brumeuse.
Les cloches, plus lentes, semblaient lassées.

Régnait quelque chose de morne et d'inquiétant.

Ding !... dong !...

« Saurai-je où tu seras ! répétai-je dans un transport de douleur. Où serai-je moi-même ? Ta gracieuse et blanche image viendra-t-elle parfois sourire avec mélancolie à mes cheveux blancs ? ou se pencher par dessus mon épaule, sur mon livre, et chuchotter : « Laisse un peu Shakespeare, La Fontaine, Murger et Musset que tu connais par cœur ; je suis le spectre de ta Lentinette... » Viendras-tu ? »

Ding !

Je pleurais, délicieusement navré.

« Viendras-tu, Lentinette ? Non, va, tu ne viendras point, méchante mignonne. Ma vieillesse sera comme une solitude désolée. Qu'aurai-je fait de ma vie ? Où seront mes espoirs, mes tendresses, mes énergies et mes enthousiasmes ? Pourrai-je faire miens ces vers du doux colosse Hugo :

> Je n'ai pas refusé ma tâche sur la terre.
> Mon sillon ? le voilà. Ma gerbe ? la voici.
> J'ai vécu souriant, toujours plus adouci,
> Debout, mais incliné du côté du mystère.

Pourrai-je dire cela ? Mériterai-je quelque vénération ? Mon amour aura-t-il réalisé les

deux plus beaux des rêves : faire du bien et
laisser une œuvre? Si oui, cela me consolera-
t-il? J'en doute. Pense! je me trouverai seul,
exilé dans ma vieillesse... Ah ! mes pauvres
adorations, Lentinette, qu'elles seront loin !
loin ! loin ! Ma mère? à peine me rappellerai-je
ses traits... Camille, le cher espiègle joufflu
dont parfois les neuf ans s'assombrissent déjà,
Camille? mort... Ou, comme son frère, ruine
désenchantée... Mes souvenances? éparpillées
à tous les vents de l'oubli, ainsi que les feuilles
mortes qui n'existent plus l'hiver. Et ces champs,
et ce village qui semble m'appeler et que je
vénère comme un vieil ami, ce village de Siral,
avec ses arbres familiers et ses maisons qui me
sourient ; ce village où j'ai tant couru, bambin
farouche, affectueux et néanmoins batailleur, tu
ne me connaissais pas alors, petite Lentinette...;
cette métairie où je suis revenu vingt fois
m'agenouiller en sanglottant de toutes mes
forces, les obscures nuits d'automne ; les
buissons, les pierres, oui, les pierres que je
vais, mes rares jours de loisir, contempler
comme des reliques du temps où j'étais petit
et insouciant, sinon gai ; les bons villageois
avec qui je devise volontiers sur les seuils
par dessus les haies ; ces mille rien qu'on

revoit avec un sourire et pourtant le cœur
gros : tiens, là-bas, ce tronc ébranché de char-
mille d'où je sautais hardiment le ruisseau ;
ces mille rien, te dis-je... ; les endroits bénis
où mon âme, trop promptement enflammée,
a échangé quelque illusion contre des larmes
et des souvenances; cette ville de Liége où
j'ai connu impunément les hommes, car les
ignominies, pour m'attrister, n'ont point attiédi
mes ardeurs, parce que mes ardeurs sont
faites d'amour et de pitié; en un mot, le
radieux et fascinant cortége des choses d'autrefois dont chacune a sa poésie comme chaque
fleur a son parfum — poésie que je ne puis te
faire saisir, ma chère : on respire un parfum,
on s'en grise, mais on ne peut l'analyser !...
songe à ton passé, tu me comprendras.... eh
bien ! tout, Lentinette, toutes ces humbles
merveilles qui sont mon bonheur, seront
anéanties ou changées... Oui, je me trouverai
exilé dans ma vieillesse... Je me vois d'ici,
vieilles jambes flageolantes, vieux dos voûté,
vieille face pensive et tourmentée, je me vois
assis à la fenêtre d'un cabinet sombre où
peut-être la générosité m'aura recueilli, épave
brisée par le temps, le travail, les luttes
et les persécutions... Sur une table, mes auteurs

favoris et les quelques volumes que je rêve
écrire. J'aurai tant souffert que l'ignorance,
la consolante ignorance du berceau, envahira
sans doute lentement mon vieux crâne. Et je
vivrai dans la placidité d'un hébétement doux.
Les amoureux passeront la joue en fleur et
l'œil brillant, sans me faire souvenir... Je ne
me souviendrai plus de rien, Lentinette... Un
jour, une soirée comme celle-ci, n'est-ce pas
bien possible ? les cloches sonneront pour toi :
n'importe, je continuerai à vivre dans la placidité d'un hébétement doux... Le lendemain,
peut-être, ton cercueil passera, dans la tristesse de la matinée : oh ! va, n'importe...
Tournerai-je seulement la tête?... »

Mes larmes coulaient encore.

Lentinette m'entraînait doucement.

Les cloches étaient muettes; la paix des
champs, universelle et triste. Dans les gazes
du crépuscule, s'effaçait de plus en plus la
maisonnette de la vieille morte, lorsque tout-
à-coup la vitre s'étoila d'une lumière. Et
comme je la regardais, encore tout défait de la
navrante émotion que mon amour, la pauvre
oubliée et la mélancolie de l'heure avaient
remuée en moi, je sentis une main tiède et
chatouilleuse me saisir malicieusement le cou

et me forcer à détourner mes regards de là-haut.

L'homme est mobile et oublieux. Oublieux surtout : sans quoi, la douleur le tuerait dans un âge où l'amour veut qu'il vive. Nous avançâmes enlacés, les yeux alanguis, joue contre joue, silencieux et frissonnants, entre les blés qui s'agitaient, sous la brise, avec le froissement d'une robe de soie. Le charme affreux de ma douleur était rompu. Maurice qui nous dépassa, tout cassé, ne me fit même plus songer à la vieille morte. Le vieillard assez loin, je me penchai de nouveau vers le délicieux profil de la chérie :

« Lentinette, je sais un amoureux qu'un petit, un tout petit baiser enchanterait... »

Août 1883.

IDYLLE ÉLÉGIAQUE

IDYLLE ÉLÉGIAQUE

Rythmée en vers blancs de huit syllabes

Li tens s'en va nuyt et jor
Sans repos prendre et sans séjor,
Et de nous se part et emble
Si celéement, qu'il nous semble
Qu'il s'arreste adès en ung point,
Et il ne s'i arreste point.

GUILL. DE LORIS (Roman de la Rose).

La mort a ses rigueurs à nulle autre pareilles.

_MALHERBE.

Assez de malheureux ici-bas vous implorent,
Coulez, coulez pour eux ;
Prenez avec leurs jours les soins qui les dévorent ;
Oubliez les heureux.

LAMARTINE.

PRINTEMPS

Je vis dans l'allée, un matin de radieux et
gai printemps, deux pinsons sur une aubépine
et, sur l'herbe, deux amoureux. Des chants et
des baisers sonnaient dans le silence, incessamment. — L'âge d'aimer fuit comme un souffle :
ô mort, à quoi bon l'abréger !

ÉTÉ

Une noce en riant, l'été, gagnait allégrement l'église. Soudain une douce musique sortit d'un arbre de l'allée : les deux pinsons, auprès d'un nid, saluaient les deux fiancés. — L'âge d'aimer fuit comme un souffle : ô mort, à quoi bon l'abréger !

AUTOMNE

En automne, près du nid vide, perchait seul un pinson, muet ; et l'époux, dans le cimetière, regardait un humide tertre. Deux chères âmes, tout-à-coup, hélas ! s'étaient évanouies. — L'âge d'aimer fuit comme un souffle : ô mort, pourquoi l'abrèges-tu ?

HIVER

L'hiver, la neige, dans l'enclos, blanchit deux tombes côte à côte ; et le nid pendait à la branche au-dessus du pinson gelé. D'autres oiseaux, d'autres amants, viendront au printemps dans l'allée... — L'âge d'aimer fuit comme un souffle : ô mort, pourquoi l'abrèges-tu ?

Juillet 1881.

LA MARIÉE DU MARDI-GRAS

LA MARIÉE DU MARDI-GRAS

Ce tas de cendre éteint qu'on nomme le passé.
VICTOR HUGO.

Le temps emporte sur son aile
Et le printemps et l'hirondelle
Et la vie et les jours perdus ;
Tout s'en va comme la fumée,
L'espérance et la renommée,
Et moi qui vous ai tant aimée,
Et toi qui ne t'en souviens plus.
ALFRED DE MUSSET.

L'amour était bien mort : on ne rallume
pas du feu avec des cendres.
CAMILLE LEMONNIER.

Amis, quand notre cœur aime une autre maîtresse,
Si nous voulons jouir en paix de notre ivresse,
Ne remuons jamais les cendres du passé.
N'évoquons jamais plus un amour trépassé.
C. D.

Elle se mariait le mardi gras. L'aimais-je encore ? je ne savais trop ; mais je l'avais passionnément aimée ; et, quand j'appris qu'un

Je m'arrêtai devant la maison de Lentinette. Mon compagnon reparut.

« Te voilà sombre, me dit-il. Pourquoi ? Regrettes-tu Noël ?

— Hélas !

— Illusion, mon ami. Tu crois regretter Noël ? C'est le passé que tu regrettes. Ainsi, cette nuit éplorée t'apparaîtra ravissante l'année prochaine déjà. Et dans cinquante ans ! tu seras peut-être seul au monde : songeant alors à ta mère morte, à ton petit frère mort, à Lentinette morte, à tes amis morts, tu lèveras, dans la désolation de ta solitude, les mains désespérées vers le ciel, en gémissant : « Qu'on me rende cette nuit divine ! »

— Ah ! tais-toi ! m'écriai-je. Cela est horrible. Je me tuerais plutôt ! Désespoir ! personne n'entendrait ma supplication !..

— Jouis donc de ta jeunesse. Dieu t'a tout donné : une fiancée aimante, une âme que font frissonner une fleur, un livre, une toile, un chant. Que te faut-il de plus ? Jouis sans crainte. Tu sais que je suis ton meilleur ami, le souvenir. La vieillesse n'est pas si triste que tu penses : je lui reste fidèle. Jouis, te dis-je. Je recueille précieusement les moindres jouis-

autre allait la posséder, je m'obstinai à me
croire encore des droits sur elle. Je n'aurais pas
voulu l'épouser, et pourtant une irritation
triste me prit en pensant que celui-là l'épousait.
De quoi se mêlait-il? Pour ainsi dire, il volait
et il profanait une de mes souvenances. Sans
le connaître, cet intrus, je le haïssais vaguement. J'aurais souhaité que Georgine conservât
notre vieil amour dans son cœur, pieusement,
comme une relique qu'aucun homme n'aurait
eu le droit de briser ni seulement de toucher.
Ainsi, du moins, j'aurais été certain d'être aimé
pour moi-même. On ne sait encore, La Roche-
foucauld n'a pas tout dit, jusqu'où va parfois
l'égoïsme. Ici, c'était un égoïsme poétique, le
pire, sous son déguisement trompeur. Et cependant, il est possible qu'un autre jour, j'aurais
ressenti pour ce bon garçon une gratitude
émue : ne me délivrait-il pas de cette espèce de
remords qu'après une rupture avec une fiancée,
même quand elle a eu des torts, on éprouve à
la pensée de lui avoir peut-être empoisonné son
existence? Mais ce jour-là, la pluie commençait
à tomber, assombrissant la rue, d'où mon-
taient, mêlés à une braillerie d'enfants, les
appels flûtés des masques. Je trouvais cette
gaîté presque lugubre. Affaire de tempérament,

la pluie m'excite les nerfs, m'ennuie irrémédia-
blement.

Que faire pour me désennuyer un peu?

Je me levai. Tiens! le portrait de Georgine.
Un profil de la plus séduisante mignonnesse que
j'avais croqué là-bas, près d'elle, un soir. Je le
regardai longtemps. Quand je voulus le quitter,
impossible : la chambre me parut morne, égayée
seulement par ce minois, autrefois tant adoré.
Et me voilà devant le portrait, les jambes
écartées, les mains en poche, le chapeau gail-
lardement renversé, sifflottant pour ne pas
entendre les chuchoteries rêveuses de mon
cœur. Sifflottant! ah oui! je me sentis soudain
des piqûres dans les yeux, mes paupières
battirent, et je fus précipité sur la petite image
que je détachai et que j'imbibai de larmes, car
elle était dans un vieux cadre sans verre.

Je pleurais silencieusement, sans cause appa-
rente, charmé même, au fond, d'avoir chassé
l'ennui, cet horrible; puis, je me mis à
hoqueter, désolé de voir ce rire candide qui
persistait sous la pluie de mes yeux, indifférent
à ma douleur.

Et des regrets dont je ne définissais pas
bien la nature, me mordirent.

Longtemps, je restai debout au milieu de ma chambre, tête baissée, regard fixe, songeant.

L'aimais-je encore? Je finis par démêler que non, mais que je regrettais de ne plus l'aimer, de ne plus pouvoir l'aimer. Scènes attendrissantes d'alors! vous me sollicitiez avec une tyrannique douceur.

Etrange attraction, celle de ce passé qu'on pleure et qu'on ne voudrait peut-être plus revivre !

Un tourbillon d'idées diverses, incohérentes, indéfinissables surtout, bourdonnaient dans mon cerveau.

De ces idées, une émergea, domina: je sortis.

Dans les rues désertées, l'averse et le vent me fouettèrent. N'importe, j'allais ! Les masques s'égouttaient dans le brouhaha des rares cafés dont l'entrée leur était permise. Midi sonna. Je n'avais pas faim : l'émotion...

« Monsieur, je loue un domino. Deux francs, n'est-ce pas? Voilà. »

Je descends du train, je me déguise dans un cabaret, et au pas de course à travers les champs ! Le temps s'était rasséréné.

A deux heures et demie, j'arrivais sur le plateau des collines auxquelles s'adosse Rocie.

Dans le village, peu d'animation. Les masques
ne commencent guère à circuler que plus tard.
Erraient seulement deux ou trois, l'air dépaysé.
J'entrai dans une petite chênaie dont les feuilles
mortes rouillées me cachaient. En face de la
maison de Georgine, je m'appuyai contre le
tronc d'un arbre, et là, certain de ne pas être
vu, je regardai.

Quelques invités causaient dans la cour de
derrière, près de la barrière du jardin, dans la
nudité duquel je distinguais, le long du sentier,
des touffes décharnées de sauge, dont quelques-
unes, que j'avais plantées avec elle, devaient
survivre à notre amour... Par les fenêtres, je
voyais confusément des courses affairées de
femmes. Georgine parut. Elle s'avançait, ses
cheveux blonds lissés, gracieuse dans sa légère
robe bleuâtre. Elle engagea les invités à rentrer,
et passa, indifférente, à côté du banc où, les
soirées de la belle saison, je l'avais tant fait
pleurer avec *Paul et Virginie, Estelle et
Némorin, Le Manchon de Francine* et
Graziella. Je songeais à tout cela en voyant
Georgine ; mais, singularité ! j'y songeais sans
émotion. Un petit jeune homme très gras, vrai
saucisson serré dans une redingote noire, des-
cendit dans la cour, se haussa pour embrasser

Georgine demeurée seule, posa tour à tour ses
deux pieds sur le banc, et, penché, releva
soigneusement les bords de son pantalon. Ce
nabot, c'était donc le fiancé, — tantôt le mari.
Je le vis sans sympathie ni antipathie.
D'ailleurs, je ne le connaissais point. Seulement, cette semelle qu'il appuyait sur le banc,
j'en sentis vaguement le poids m'oppresser.....

Il rentra avec Georgine. La maison devint
tranquille. On faisait les derniers préparatifs
du départ.

J'interrogeai mon cœur : rien. Je fus étonné,
puis inquiet, puis irrité de ne pas être ému. Où
était le charme triste que j'avais espéré? Rien,
mais absolument rien. Si! un malaise physique
qui m'agaçait : la course m'avait mis en trans-
piration, je refroidissais, mes pieds mouillés se
glaçaient, la faim me prit.

J'allais partir, quand je vis le corridor
s'emplir de monde, et la noce sortir et s'avancer
sur la grand'route, Georgine en tête Un
superbe défilé : huit couples.

Je dégringolai le sentier, et je les eus bientôt
atteints.

Le petit gros fiancé se dandinait avec des
airs vainqueurs. Georgine paraissait un peu
honteuse. Quand j'arrivai près d'elle, assailli

tout d'un coup par les mille souvenances,
doucement poignantes, de notre ancienne
tendresse; songeant aux espoirs choyés alors
et maintenant anéantis; à la terrifiante mobilité
du temps et de nos sentiments, je ressentis un
trouble inexprimable.

Mais cela ne dura pas.

Georgine me regarda distraitement, d'un air
presque froid : quelque chose de glacial et de
révolté me saisit; et une amertume, mêlée d'une
nuance de dédain, y succéda. Non, ce n'était plus
elle! Je la trouvais dépaysée dans cette toilette
de mariée : il me semblait qu'il restait là-bas
une autre Georgine à mine rieuse, dans sa
robe brune à collerette. Car cette Georgine-ci
avait un visage légèrement morose, engraissé,
défraîchi aux joues où un réseau de petites
veines tortueuses et rouges remplaçait le rose
vif de dix-huit ans. Instinctivement alors, je
fermai les yeux, espérant que l'image de l'autre
viendrait me procurer quelques secondes de
consolation et d'oubli. Vaine tentative!... Par
moments, oubliant que j'étais masqué, des
hontes brusques me saisissaient. Une faim
dévoratrice me faisait perler la sueur au front, et
des frissons de fièvre me couraient sur le corps.

Je suivais toujours la noce, cependant. Mais

comme nous arrivions devant la mairie, une
défaillance me jeta contre un mur, étourdi.
Alors, rassemblant mes forces, je mis une main
sur mon cœur et, de l'autre, j'envoyai à
Georgine un salut fraternel, un adieu.

Je l'entendis demander à son cavalier :

« Qui est-ce donc *celui-là* ?

— Un de vos anciens amoureux, sans doute,
répondit-il en riant.

— Non. Une connaissance. Un farceur. »

La noce entra dans la maison communale, et
moi, défait, dans un cabaret en face, où je
demandai de la bière et une tartine.

Je ne pus guère manger. Un violent mal de
tête me battait aux tempes ; et, très près d'un
poêle tout rouge, je continuais à grelotter. La
pluie recommença : dans la tristesse d'une demi-
obscurité, écrasé par un épouvantable spleen,
rien ne me distrayait un peu, sauf les cris
ininterrompus d'un bambin que la cabaretière
venait de fouailler dans la cave, parce qu'il avait
cassé une tasse. On souffre à tous les âges.

A quatre heures, la noce entra dans l'église
où elle resta vingt minutes. Quand elle sortit, le
petit gros, en tête, donnait triomphalement le
bras à Georgine... Sa femme donc ! Elle
s'avançait, les yeux baissés, pâle. Selon la

coutume des campagnes wallonnes qui veut *qu'on fasse les chapelles,* la noce entra dans le cabaret, s'installa bruyamment et commanda des verres.

Le nouveau marié, remuant, expansif, un peu facétieux, criait, riait, tapageait presque autant qu'un écolier au sortir de la classe. Il ne tarda pas d'apprendre à la cabaretière qu'il était âgé de vingt-sept ans, orphelin, qu'il avait *fait son école moyenne,* et même un jour *coulé* un maître d'école à propos d'un théorème du deuxième livre de géométrie, que Monsieur le Directeur de la houillère où il inscrivait les commandes, admirait beaucoup son expédiée, etc. Il se disait *un homme de société.* Toute la noce le regardait en silence, vaguement émerveillée. Lui, pirouettait, se carrait, buvait. Tout à coup, il demanda des cartes, en fit prendre puis remettre une par la cabaretière, battit, laissa couper et, au grand ébahissement de cette femme, désigna la carte qu'elle avait choisie.

« Vous faites tout ce qu'il vous plaît, vous ! dit-elle lourdement.

— Ha ! ha ! L'adresse ! L'adresse, chère dame ! »

Il jubilait, car son innocente prétention était

7

encore mitigée par sa naïveté. Au demeurant,
il me parut un bon garçon, incapable de rendre
Georgine malheureuse.

Amoureusement, il passa la main sur la joue
de sa femme et s'assit près d'elle en lui jetant
le bras autour du cou.

Georgine, immobile et muette, ébaucha un
sourire, puis redevint sérieuse.

Moi, tour à tour surpris, attristé, ennuyé,
froissé, irrité, je croyais faire un rêve. Puis,
bientôt, sous la persistante oppression de mon
mal de tête, mes yeux se fermèrent, et j'allais
m'assoupir, quand on me frappa sur l'épaule.
C'était le petit gros.

«Voyons, beau masque, dit-il, prenez un
verre avec nous. »

Je refusai du geste, n'osant parler. Il insista :

«Bah! est-ce qu'on ménage un franc
aujourd'hui! Il n'y a ni pauvre mariage ni
riche mort! Une tournée! chère dame. »

On me regardait. En choquant avec Georgine, ma main trembla. Pendant que je buvais,
un des invités me regardait sous le menton,
attentivement :

«Qui serait-ce bien? »

On me posait vingt questions, on tournait
autour de moi, on citait des noms.

«Parle un peu.

— Rien qu'un mot, beau masque.

— Es-tu de Rocie?

— C'est un muet.

— Connais-tu celui-ci?

— Et madame?»

On me montrait Georgine, distraite. Je fis un signe affirmatif. La curiosité redoubla : on me pressait, je dus abattre une main qui s'enhardissait à vouloir soulever le capuchon de mon domino.

Une soudaine irruption de quatre masques emplit le cabaret de tapage. Georgine fut entourée, saluée, complimentée, plaisantée. J'entendis même lui demander pourquoi je n'avais pas reçu d'invitation!

Elle se détourna, contrariée : un élancement passa, comme une flèche, à travers ma poitrine.

Et la noce sortie, je restai debout, le front contre les vitres, regardant Georgine tant que je pus : quand elle fut disparue, je me sentis un étranglement en pleine gorge, et, prêt à pleurer de rage de ne pouvoir pleurer d'attendrissement, je tombai sur une chaise où je restai très longtemps, la pensée ballottante, douloureusement alangui.

Dans le train, à l'heure où la noce devait

s'attabler en riant, je frissonnai de fièvre jusqu'à Liège, dans le vide d'un grand wagon. La fatigue, le froid et la souffrance physique m'absorbaient tout entier.

Je fis mille vains efforts pour m'abandonner à des rêveries touchantes. Comme il est accablant de ne pouvoir seulement goûter l'émotion des regrets !

A la fin, perdant patience, je me levai, voulant, malgré tout, tirer mon cœur de ce bourbier d'assoupissement. Je déclamai *Le Lac:*

Ainsi, toujours poussés vers de nouveaux rivages,
Dans la nuit éternelle emportés sans retour,
Ne pourrons-nous jamais, sur l'océan des Ages,
  Jeter l'ancre un seul jour?

. . . .

Éternité, néant, passé, sombres abîmes,
Que faites-vous des jours que vous engloutissez?
Parlez: nous rendrez-vous ces extases sublimes
  Que vous nous ravissez?

. . . .

Peine perdue. Les strophes éplorées, dramatisées par le sourd roulement du train, avaient beau gémir comme des plaintes harmonieuses dans le fracas d'un orage, je les déroulais

machinalement, mon âme étant engourdie, —
et le glacial suaire de l'ennui continuait à
m'envelopper.

Je rentrai dans ma chambre, rompu, mouillé,
refroidi, malade. Avant de me mettre au lit, je
contemplai, pensif, le profil rieur.

Une journée perdue! Une illusion de moins!
Pourquoi donc étais-je allé là-bas? Ah! c'était
en vain que je voulais accuser la pluie, la
fatigue et la faim! Même sans cela, aurais-je
goûté les mélancoliques voluptés espérées?
Non, non, je devais en convenir. La stupeur
d'un désenchantement, voilà ma seule impres-
sion. Le jardin aurait dû m'émouvoir davantage; Georgine, à jamais perdue, m'arracher
des sanglots. Ni Georgine ni le jardin, je ne les
avais retrouvés. Ce n'étaient plus eux. Alors, je
compris qu'il ne faut pas aller revoir certaines
souvenances de trop près, mais les regarder de
loin, comme les décors de théâtre... La
poétique soirée, pourtant, si j'étais resté au
coin du feu, devant le gracieux minois qui
souriait là si doucement, dans l'auréole jaunâtre
de ma bougie! Des bouffées de l'ancien amour
seraient venues me rafraîchir. L'odeur veloutée
des sauges serait entrée dans ma chambre.
J'aurais relu les folies de nos lettres et quel-

ques pages de Murger. Et, au lieu des
tristesses banales auxquelles j'étais allé me
heurter et me blesser, la puissance des rêves et
des tendresses d'autrefois, m'aurait délicieusement penché, jusque bien tard, sur la douceur
candide du sourire qui s'épanouissait dans le
vieux cadre sans verre.

SOIRÉE DE PRINTEMPS

SOIRÉE DE PRINTEMPS

C'était l'heure où des champs les profondeurs s'azurent.
                                    VICTOR HUGO.

D'innombrables liens frêles et douloureux,
Dans l'univers entier, vont de mon âme aux choses.
                                    SULLY-PRUDHOMME.

La nature se rit des souffrances humaines ;
Ne contemplant jamais que sa propre grandeur,
Elle dispense à tous ses forces souveraines
Et garde pour sa part le calme et la splendeur.
                                    LECONTE DE LISLE.

Les blanches fleurs et les feuilles des
pruniers découpaient, dans le couchant, par
milliers d'éclatantes fleurs de pourpre. Des
pétales, quelques-uns déjà mélancoliquement
jaunis, constellaient la verdure de l'herbe.
Dans la haie, tombèrent, palpitants et criards,
un couple de moineaux à qui la saison d'amour
faisait oublier le sommeil. Au sommet d'un peu-
plier, un nid de l'an passé pendait à une branche,

noir dans la gaîté des feuilles naissantes. Les
voluptueux miaulements de deux chats sortaient
d'une cave. Passèrent de pauvres bœufs à l'œil
rêveur qu'on chassait à l'abattoir de la ville. Et
comme je songeais à toi, Lentinette, en regardant errer des amoureux dans les champs,
j'entendis soudain retentir lugubrement le glas
d'une jeune mariée.

J'écoutai longtemps, ému. Les fleurs de
l'horizon pâlissaient, les gazes volatiles de
l'ombre assombrissaient de plus en plus le
paysage. Dans le feuillage d'un arbre, la lune
apparut, comme un énorme fruit d'or. Désert
partout et, fors le glas, silence. Je rentrai.
Accoudé sur ma table, les yeux levés vers ton
portrait, chérie, je sentais, à chaque funèbre
coup, tressaillir mon cœur et trembler des
larmes dans mes yeux.

Aurais-tu cru, Lentinette, que le printemps
lui-même semble parfois morne? C'est qu'auprès
de toutes les splendeurs et de toutes les joies,
je vois ou des tristesses ou des débris de
félicités mortes. Et puis, j'y pensais avec
épouvante, la cloche pourrait m'apprendre un
jour aussi que l'humble vallon où s'abrite notre
amour, est désormais vide.

29 avril 1883.

LE SPÉRE

LE SPÉRE

Dames, oyez un conte lamentable.

BAIF.

I

Un jour que je voyageais en Condroz,
j'aperçus, sous un vieux chêne, près du mur
d'un cimetière, une petite croix de bois
vermoulu penchée dans les herbes. Je m'arrêtai
et l'examinai curieusement : elle portait une
date presque effacée que j'essayai, mais en vain,
de déchiffrer. Je me demandais quel pouvait
être le malheur ou le crime dont ce symbole
funèbre était destiné à conserver quelque
temps le souvenir, quand je vis, assis sur le
mur du cimetière, entre les branches du chêne,

un homme qui me regardait, une bêche sur l'épaule. C'était le fossoyeur.

Les saluts échangés, il me demanda :

« Monsieur sait-il pourquoi on a planté cette croix ?

— Non. Cela mérite d'être connu ?

— Je pense que oui. Si monsieur veut monter l'escalier, nous serons mieux ici pour causer.

Je montai.

Le cimetière était presque de niveau avec le sommet du mur, sur lequel nous nous assîmes, dans la mousse, à l'ombre du chêne.

Le fossoyeur déposa sa bêche, alluma sa pipe et me fit le récit suivant :

II

Voyez-vous, monsieur, à l'extrémité du village, au milieu d'un jardin, cette maisonnette entourée d'une vigne qui grimpe jusque sur le toit de chaume ? Il y a une quarantaine d'années, cette maisonnette était occupée par une pauvre veuve, Thérèse Halleux, et sa fille, Marguerite. De bien braves femmes. Elles

vivaient là très heureuses. Marguerite, une des
plus jolies filles du pays, était joyeuse et vive
comme une alouette, et si bonne, mais si bonne
que tout le monde l'aimait. Depuis longtemps,
elle « hantait » avec un domestique de la ferme
des peupliers, là-bas, dans les campagnes. A
l'autre bout du village, donc. Ce domestique
s'appelait Jacques Leverteau. C'était un orphelin, un garçon paisible et doux. Il aimait
Marguerite comme la prunelle de ses yeux;
mais Marguerite le lui rendait bien, allez,
monsieur! Nous avions toujours été amis, et
Jacques venait souvent me prendre le jeudi, à
la vesprée, pour passer la soirée avec lui, chez
Thérèse Halleux.

III

Un soir que nous avions longtemps causé de
choses et d'autres, assis dans la « coulée », la
conversation tomba sur les revenants. Depuis
quelques semaines, le bruit courait dans le
village que des passants attardés assuraient
avoir vu un « spére » se promener dans l' « aîte »
et aux environs. Il avait, disait-on, un visage

de mort ; et un linceul blanc l'enveloppait des
pieds à la tête. Les femmes tremblaient comme
une feuille quand on leur parlait du spére, et
les hommes mêmes craignaient de passer ici,
le soir. Pensez donc, monsieur : un spére dans
un aîte !

Marguerite, qui se moquait du spére,
demanda à son amoureux :

« Et toi, Jacques, crois-tu à ces sottises-là ?..
Tiens ! on dirait que tu as peur ! »

Et elle se mit à rire aux éclats.

Jacques, en effet, était visiblement gêné.

« Marguerite , dit sévèrement Thérèse
Halleux, il ne faut jamais se moquer des
esprits, ma fille : ils sont tout-puissants ! »

Et prenant son chapelet, elle marmotta une
prière.

« Ça, c'est vrai, ce que dit Thérèse, appuya
Jacques avec une sorte d'effroi. Ça, c'est vrai :
ma pauvre mère — que Dieu ait son âme ! —
me l'a toujours assuré . Prends garde ,
Marguerite.

— Ainsi, dit la jeune fille, tu n'oseras passer
tantôt dans la voie de l'aîte ?

— Mafrique ! répondit Jacques embarrassé,
j'aimerais mieux retourner par les campagnes,
si le chemin n'était absolument trop long.

— Si tu voyais le spére?...

— ... Bah! je sais bien qu'il n'y en a pas.

— Mais supposons qu'il y en ait un. Tu aurais peur?... »

Jacques ne répondit pas.

« Tu aurais peur! répéta Marguerite en raillant. Eh! Jacques, veux-tu que je te reconduise?

— Et moi je te dis que je me moque du spére! » s'écria Jacques d'un ton qu'il voulut rendre décidé.

Ah! oui, « qu'il voulut », monsieur, car le pauvre garçon tremblait, et il était blanc comme un enseveli.

En ce moment l'horloge sonna dix coups. Thérèse venait de monter dormir. Nous nous levâmes.

Marguerite ouvrit la porte, et, comme Jacques l'embrassait, elle répéta :

« Gare! Jacques. Le spére! Vois, la nuit est noire... »

Et elle referma la porte, riant de son rire franc, sonore et un peu moqueur.

IV

Il faut vous dire, monsieur — continua le

fossoyeur -- qu'on entrait dans le mois de
novembre. Il faisait plus obscur que dans un
four. Toutes les maisons étaient fermées ; on
n'entendait pas le moindre bruit dans le
village... je me trompe : le vent soufflait, mais
soufflait à vous renverser ; on eût dit qu'il
pleurait en passant dans les arbres.

Jacques et moi, nous causâmes encore à peu
près cinq minutes sur la route ; puis je
souhaitai la bonne nuit à mon ami, la maison
de mon père étant celle que vous pouvez voir
au tournant du sentier. Avant de nous séparer,
Jacques me tendit sa main que je sentis
trembler.

« Si tu veux, lui dis-je, je t'accompagnerai
jusqu'à l'aître. »

Jacques s'y refusa de toutes ses forces, bien
qu'il eût terriblement peur, c'était certain.

Il venait de s'éloigner et j'allais ouvrir notre
porte, quand je crus voir comme une ombre se
glisser furtivement le long de la haie du jardin.
Je regardai attentivement... rien ! j'écoutai...
rien ! Pourtant, j'avais aperçu quelque chose.
Vous le comprenez, monsieur, ça m'intriguait.
Après un instant de réflexions, une idée étrange
me vint, et je me mis à courir vers l'aître, sans
bruit. Je rejoignis Jacques au pied du mur ;

mais, sans rien dire, je me cachai derrière ce
buisson d'épine, là, sur le talus, à droite.

L'endroit, vous le voyez, est complètement
désert. Ce gros chêne se dressait devant
Jacques, à peu près invisible dans l'ombre ; le
vent gémissait dans les feuilles mortes et
faisait craquer les branches comme des os de
squelette. Jacques, effrayé, s'arrêta, indécis...
mais son hésitation ne dura guère : je l'entendis
pousser, pour s'encourager, un rire de défi qui
ne put sortir de sa gorge strangulée, et il
marcha résolument en avant...

Soudain, que voit-il ? Sous le chêne, lentement, silencieusement, une forme blanche
s'avance vers lui : le spére ! Fou de terreur, il
pousse un cri, monsieur, mais un épouvantable
cri que je crois entendre encore, et il tombe
sur le sol, comme une masse.

Je me précipite vers lui, je le secoue, je
l'appelle, je veux le relever, peine perdue : il
était mort !

Que faire ?

Je jette les yeux du côté du chêne, plus de
spére !

Sans perdre une seconde, je m'élance dans la
direction de notre maison, sur la pointe des
pieds. Arrivé près de ce pré, au carrefour,

j'aperçois tout à coup une forme noire, une
femme, qui marchait rapidement devant moi,
un paquet blanchâtre sous le bras. Je l'empoi-
gnai si brusquement qu'elle jeta un cri. C'était
Marguerite !

« Mon Dieu !... Eh bien ?... Quoi ?...
parlez... je voulais rire... »

Je la secouai, hors de moi :

« Misérable ! Misérable ! »

Elle comprit et s'enfuit en poussant un
effrayant sanglot; tenez, monsieur, un sanglot
qui ressemblait à un hurlement de bête sauvage.

V

Le lendemain, tout le village fut sens dessus
dessous. Monsieur le curé fit planter cette croix
sous le chêne; et, depuis lors, on n'a plus vu
le spère...

Huit jours après l'enterrement de Jacques,
la vieille Thérèse Halleux étant venue à mourir,
Marguerite, à moitié folle, quitta pour toujours
le village et se fit religieuse.

Ici, j'interrompis le fossoyeur :

« Vous n'avez révélé à personne la vérité
sur cette histoire saisissante?

— Non, monsieur, j'ai inventé une fable.
La pauvre Marguerite a expié assez durement
une faute dont elle n'était qu'à demi-coupable.

— Cependant, observai-je, vous me
racontez…

— Je comprends ce que vous voulez dire,
interrompit le fossoyeur. Mais je puis parler
aujourd'hui, monsieur : regardez dans ce coin,
sous le sapin, une fosse que je viens de
creuser. Demain, on ramène ici le corps de
Marguerite, qui vient de mourir à Liège. Elle
dormira à côté de son pauvre amoureux et de
sa vieille mère. »

Awirs, juillet 1879.

L'AVERSE

L'AVERSE

Il n'est pas de peine plus vive que celle de se
rappeler, dans le malheur, les jours de la félicité.
DANTE.

Au loin dans la brume sonore,
Comme un rêve presque effacé,
J'ai revu pâle et triste encore
Mon vieil amour l'an passé.
— THÉOPHILE GAUTIER.

Passé, passé fatal dont mon âme est éprise,
Poison amer et doux dont on meurt, mais qui grise.
FRANÇOIS COPPÉE.

Va, qwand on s'aim', tos les jous d'ine annéie
Sont des bais joûs.
NICOLAS DEFRECHEUX (Chanson wallonne).

Quelle ravissante journée d'octobre ! La
bariolure des feuillages éclatait au soleil, sous
le bleu clair du ciel.

« Prends un sac, Julie, et détache Noirette

et Finette. Moi, je porte l'échelle et la gaule.
A la cueillette des noix ! »

Ç'avait été charmant. Pendant que la chèvre
cabriolait autour de la vache, j'étais debout sur
le noyer, secouant les grosses branches de
toutes mes forces. Une grêle de noix s'abat-
taient dans les herbes. Julie, prudemment à
distance, me regardait, les lèvres entr'ouvertes
par un sourire :

« Dépêche-toi, méchant... Voilà dix minutes
que tu ne m'aies embrassé...»

Un soupir s'exhala de ma poitrine doucement gonflée par une émotion. On aime si bien
au milieu de la nature, surtout en automne, la
saison des rêveries ! Les yeux mi-clos, je
m'oubliais à la contempler amoureusement,
estompée derrière la gaze de mes cils, svelte et
jolie comme ces fées qui flottent dans nos rêves
d'enfance.

Quelque chose claqua dans les feuilles. Une
goutte de pluie ! deux ! trois ! quatre ! Des
nuages engrisaillaient le ciel, et là-bas, au-
dessus des collines ardoisées, le soleil avait
sombré dans l'éblouissement d'un brasier
d'argent.

Comme je descendais en grande hâte, l'averse
tomba tout d'un coup.

Vite, sous le gros pommier ! Assis sur le sac étendu, nous regardions silencieusement les milliers de raies se précipiter sur le sol : elle, à la fois pensive et distraite, son tricot à la main ; moi, ennuyé, croquant nonchalamment des noix.

Où était notre réjouissant après-dîner ?

Un brouillard blanchâtre s'étendait, morne, sous le ciel naguère encore riant d'azur ; et, dans les arbres tantôt pleins de babillements d'oiseaux, on n'entendait plus un cri. La violence du vent tordait les hautes épines de la haie, abattait les pommes, et arrachait les tourbillons effarés de feuilles mortes.

« Brou ! quel temps, Julie. Cette pluie finit par m'agacer... »

Julie ne répondit pas.

« Nous nous amusions si bien, mignonne... Je crois que cette pluie te laisse indifférente, toi, ma chère ? »

Elle posa son tricot sur ses genoux ; puis, m'entourant mollement le cou de ses deux bras, elle se pencha, et je sentis sur ma joue la douceur chaude de sa joue veloutée.

« Ne suis-je pas auprès de toi ? murmura-t-elle. Que m'importe le reste ? Je sais à peine quel temps il fait.

— Là ! essaye un peu de faire croire que tu m'aimes...

— Non, tais-toi, je t'en prie... Tiens ! je voudrais passer ma vie ici ; et toi, — trop vite, peut-être ! — tu regretteras souvent l'après-dîner pluvieux...»

Son front touchait le mien que chatouillaient délicatement deux ou trois cheveux follets. Son haleine tiède, son corsage agité, ses yeux noyés dans une langueur tendre, me transportèrent soudain ; et renversant sa tête sur ma poitrine, je plongeai mes lèvres dans son cou, avidement.

« Pardon ! pardon ! J'étais au ciel et je l'oubliais ! Ah ! nous ne savons pas même jouir du bonheur. Pardon, mignonne. Combien de baisers pour m'absoudre ?

— Oh ! beaucoup...

— Mille, puis mille et mille encore ?

— Ce n'est guère... »

Une délicieuse frénésie m'affola. Mes lèvres coururent frémissantes sur le front, sur les yeux, sur la bouche de la chérie. Je ne pouvais l'embrasser assez. Des envies me prenaient de mordre doucement dans cette joue appétissante et colorée comme un duvet de pêche. Ce fut une ivresse inoubliable. Il m'en reste encore quelque chose au cœur. Chaque baiser rougissait d'une

brûlure le joli minois de Greuze qui gisait entre
mes bras, rose dans l'encadrement châtain des
longs cheveux à demi-dénoués. Moments bénis !
Si tu en trouves de pareils dans quelque coin
de tes souvenirs, lecteur, n'est-ce pas, on perd
toute idée de temps et de lieu ? On est avec
l'adorée, et c'est tout. Pleuvait-il encore ? Ah !
j'avais bien oublié la pluie ! Et, d'ailleurs,
n'aurais-je pas souhaité qu'elle redoublât et nous
fît éternellement prisonniers sous l'arbre ?

Mais, las ! rien ne dure, pas même la pluie
quand il le faudrait. Une confusion de cris
d'oiseaux nous fit lever la tête. Dans un ciel
bleu fané, mille blancheurs de petites fumées·
fuyaient vers l'horizon où de pâles rayons
perforaient l'amoncellement sombre des nuages
et jetaient une traînée terne sur le multicolore
des bois. Très haut, une tache noire croassait
sans relâche en tournoyant. Des rires d'enfants
éclatèrent, de plus en plus proches. Nous nous
levâmes.

« Il ne pleut plus, Julie...

— C'est vrai, il ne pleut plus... »

Nous nous enfonçâmes dans un silence
pensif, vaguement triste.

Elle, dit enfin :

« Nous retournerons, mon ami. Les noyers

sont mouillés. Houp là! Neurette et Finette!
Houp là...»

Puis, me lorgnant soudain d'un air de
malice candide:

«S'il voulait pleuvoir encore...»

Je la saisis, la soulevai comme un enfant et
la tins quelques secondes contre mon cœur.

Et comme nous quittions la prairie, chassant
devant nous la vache et la chèvre, elle dit
encore en m'étreignant un peu le bras:

« N'est-ce pas, nous regretterons souvent,
bien souvent l'après-dîner pluvieux?... »

Trois années se sont évanouies depuis.
Nos serments, ces serments d'amoureux qui
s'écrivent sur l'aile du vent, dit un poète ancien,
le vent les a emportés à jamais. Qui de nous
deux les oublia le premier? Cela importe peu au
lecteur. Notre histoire ressemble à tant de
vieilles histoires! Marmontel les a contées
toutes en un vers frappant:

Les serments de l'amour prouvent son inconstance.

Néanmoins, une passion a beau s'éteindre,
la souvenance en reste toujours vivace. Ce fut
le hasard, si je ne m'illusionne, qui me
conduisit l'autre jour vers ces lieux où sont

morts à la fois mon amour et mon adolescence.
Une douleur me poigna. Je m'imaginais entrer
dans un cimetière, et, instinctivement, mes
yeux cherchèrent une tombe. Mais tout était
vivant et gai. La journée brillait de l'incompa-
rable beauté des belles journées d'automne.
Les bois dorés, le ciel éclatant, les moineaux
criards fourmillant dans les peupliers du
hameau, la nature entière, enfin, semblait
montrer pour moi cette inconsciente indifférence
qui rend la souffrance plus aiguë encore.
N'importe, je voulus tout revoir. Des inconnus
occupaient la maisonnette de Julie, partie
depuis un an. Quand la prairie m'apparut,
déserte et ensoleillée, une voix chuchota dans
mon cœur :

« ... Peut-être ! tu regretteras souvent,
bien souvent l'après-dîner pluvieux... »

Alors, le temps me parut affreux, insupportable ! Et, les yeux fermés, je revis, avec un
ravissement mélancolique, un paysage qui me
parut resplendissant à travers les milliers de
hachures serrées qui le rayaient...

« Tiens ! vous ici ! Vous allez entrer un
instant .. »

C'était une amie de Julie qui remontait le
sentier. Je saisis ma montre.

» Non, merci... Je dois reprendre le train...

— Où donc courez-vous ? Vous arriverez une heure trop tôt.

— Non, non... non... C'est que j'oubliais... une course... Adieu... une autre fois... »

Une pudeur me faisait craindre que cette fille ne remarquât mon émotion, qui débordait. Seul, un vieil arbre du bois sait combien j'ai pleuré.

Octobre 1882.

NOTRE FILLE

NOTRE FILLE

L'avenir, fantôme aux mains vides,
Qui promet tout et qui n'a rien.
VICTOR HUGO.

D'où vont venir les pleurs que nous allons verser?
ALFRED DE MUSSET.

Connais-tu comme moi la douleur savoureuse?
BAUDELAIRE.

La vie fuit, Lentinette, avec la rapidité de ces nuages qui filent sous le vent, grisâtres, mais traversant de temps en temps la gaîté dorée d'un rayon. Comme elle fuit! Voici deux ans que l'affectueux sourire de ton portrait rayonne là, sur ma bibliothèque; et trois ans que ton amour palpite au fond de ma poitrine. Je t'aime. Je t'aime avec la tendresse d'une mère. C'est pourquoi, songeant combien volent éperdues les années heureuses et combien les

heures amères paraissent se traîner intermina-
blement, une mélancolie émue penche ma tête
et mouille mes yeux. Tristesse ! ma chère
pauvrette, la seule souffrance nous fait sentir
le temps, et la félicité nous le dérobe... Tu te
rappelles ce retour de Témar, ce soir ora-
geux où les vagues ballottant notre nacelle,
une terreur pâle t'accrochait à mon cou et
m'empêchait presque de ramer? Qu'elles furent
longues ces cinq minutes de traverse ! Une
autre fois, dans la paix d'une radieuse vesprée,
nous descendions la Meuse, main dans la main,
les yeux entrefermés, pour mieux savourer
notre ivresse ; et, comme le voyage était long,
à peine le croyions-nous commencé... nous
arrivions. Cet effrayant souvenir et ce doux,
c'est la vie ; et même une vie douloureuse est
courte. Hier mioche, demain vieillard : presque
au sortir du berceau, la fosse est là.

Cela me décourage et m'assombrit, Lentinette. Vraiment, était-ce la peine de naître?
Que prouve une constance de vingt ou trente
années? Je nous voudrais vivants au moins
quelques siècles, afin de te faire sonder l'abîme
de ma passion et de te prouver que mon âme,
sœur de la tienne, ne saurait l'oublier un
instant. Mais à quoi bon de tels vœux?

Chimères, hélas! D'ailleurs, écoute, je choie
un rêve consolant, un rêve qui peut un jour
n'en être plus un...

Je nous souhaite une fille.

Une fille qui te ressemblerait, mais blonde.
Pourquoi blonde? Un caprice... Elle serait si
jolie! Presque autant que toi ; autant , peut-
être. Pas plus, par exemple: je ne permettrai
jamais à personne d'être plus jolie que toi! Tu
sais, la pâle et pensive madone qui flotte sur
le souvenir pieux de Marie Rose? Ophélie, la
fille du divin Shakespeare, devait être ainsi...
Nous appellerions notre enfant Madeleine.
L'hiver, au coin du feu, elle nous lirait les
harmonieuses inspirations de la poésie, le plus
souvent Musset et La Fontaine. A la belle
saison, de l'ombre du berceau, nous la
regarderions, à travers les arbres et les fleurs,
errer et courir, comme une sylphide, en robe
bleu clair et, au lieu d'ailes, le voltigement
argenté de deux rubans derrière ses épaules.
Nous serions déjà vieux, Lentinette; mais sa
jeunesse et son bonheur nous le feraient
oublier.

La chéririons-nous ! mon amie. Qui la
prendrait aujourd'hui sur ses genoux ? Qui
l'embrasserait le plus souvent ? Ce serait un

continuel sujet de querelles attendrissantes. Et
nous, qui nous sommes tant aimés, pourtant,
nous nous aimerions mieux encore, peut-être,
à cause d'elle. Nous lui serions reconnaissants
de la voir heureuse. Nos derniers jours s'écou-
leraient à embellir ses premiers jours. Ainsi la
tombe nous engloutirait inopinément, le sourire
aux lèvres. Toi, tu t'amuserais à lui faire de
gracieuses parures et à la coiffer comme tu
le coiffais autrefois, maintenant donc, avec
d'épaisses torsades sur le cou : ce serait une
souvenance de plus. Moi, qui saurais les fleurs
qu'elle préfère, tu me verrais tous les jours, de
grand matin, monter en tapinois, avec un
petit bouquet qu'elle trouverait à son réveil,
tout brillant et tout frais, caché dans quelque
coin de sa chambrette.

Soudain, tu mourrais, Lentinette; car je
pense que tu mourras la première, aucune
torture ne devant m'être épargnée. Alors, moi,
vieux hébété, je demanderais avec égarement si
c'est bien ma pauvre adorée, naguère encore
gracieuse adolescente, qui s'en va là-bas,
regardez, dans ce cercueil qu'ils emportent...

Je me traînerais par toute la maison: déserte!

« Ah! c'est donc elle... Ces gens devraient

rapporter le cercueil, je voudrais bien la voir
encore un peu...

— Du courage, vous la reverrez.

— Oui, oui, oh! oui, je la reverrai. C'est
vrai, je n'y songeais pas.. Croyez-vous que je
la reverrai?..

— Du courage, allons, du courage!

— Du courage, oui... Je l'aimais, moi.... »

Et, quelques semaines, je resterais dans mon
fauteuil, devant le tien vide, savourant les
horreurs du désespoir. Parfois, pour faire diversion, j'entendrais un sanglot de Madeleine.
Enfin, insensiblement, viendrait l'inexorable
oubli, cette souffrance de ne plus souffrir, de ne
plus pouvoir souffrir; et c'est si délicieusement
atroce, pourtant, de souffrir pour les êtres bien-
aimés! Oh! mais, va, nous ne t'oublierions
pas ainsi! Nous causerions souvent de toi
comme d'une chère absente qui reviendra
bientôt; et chaque soir, notre promenade
finirait toujours, je ne sais comment, par
aboutir au cimetière. Ce que j'y endurerais, si
près de ma vieille trépassée, sans plus pouvoir
la tenir dans mes bras, serait inexprimable.
Madeleine pleurerait en silence. Et la nuit venue,
désolés de bien falloir te laisser seule, nous
retournerions, elle plus pâle, moi plus cassé.

Les années s'évanouiraient:

Un jour, je le découvrirais à la rose confusion de son visage, un secret enchanterait notre enfant. Qui comprendrait mieux cela, Lentinette, que celui qui t'a aimée? Je voudrais voir Madeleine trouver en son fiancé la tendresse que je te vouais, que je te voue, mais une tendresse calme et non tourmentée comme la mienne qui nous fait souvent pleurer. A la belle saison, de l'ombre du berceau, je les regarderais, à travers les arbres et les fleurs, errer dans le jardin: elle, comme une sylphide, en robe bleu clair, les cheveux flottants, et, au lieu d'ailes, le voltigement argenté de deux rubans derrière ses épaules ; lui, robuste et souriant. Les heureux! rappelle-toi nos promenades sous les tilleuls de l'allée... Je serais déjà dans la tombe à mi-corps, Lentinette; mais leur jeunesse et leur félicité me le feraient oublier.

Le vieux père, sans doute, serait un peu délaissé. Ce serait un autre qu'on embrasserait un peu sur sa joue. Oh! n'importe, il feindrait ne point s'en apercevoir: que lui faudrait-il de plus que le bonheur de son enfant?

Quel trouble, pourtant, dans mon cœur, le jour de son mariage! Mais je saurais, je crois,

garder un sourire stoïque. Ce serait à la chère
métairie de Siral restaurée comme il y a quatre
ans, quand je l'ai quittée, la poitrine meurtrie
et les yeux rouges. Elle aurait encore sa
sérénité modeste, ses murs gris et verdâtres, ses
pièces exiguës et rustiques, sa criarde basse-
cour et, à droite de sa vaste prairie pleine
d'arbres, le long du ruisseau, jusqu'à la Meuse,
ses deux rangées de peupliers et de saules
inclinés sous lesquels zigzaguent les vols
diamantés de libellules et file, parfois, l'éclair
bleu d'un martin-pêcheur. O riant essaim de
mes souvenances de dix ans qui venez papil-
lonner devant la tristesse de mon imagination,
pourquoi me solliciter ainsi, despotiquement ?
Laissez-moi, je veux évoquer les souvenances
et les douleurs que j'aurai vieillard... La noce
est attablée dans la « chambre » tendue de perle
à ramages, comme autrefois. La massive
chiffonnière sculptée et l'armoire luisante sont
toujours là. L'horloge maussade et enrouée
aussi. Contre la poutre du plafond, s'allonge le
fusil à pierre. Tout sera pieusement respecté,
même les affreux vases peinturlurés de la
cheminée ! Seulement, dans cet humble sanc-
tuaire familial, j'aurai, outre mes livres favoris,
des échantillons de tous les arts : des magots

chinois à la grotesque hilarité de grenouille
aussi bien que l'idéale et majestueuse Vénus de
Milo ; la pagode indienne et le sphinx égyptien
à côté du temple grec et du primitif ogival ; les
portraits de tous les géants de l'idée et de la
conception depuis Homère, David et Phidias
jusqu'à Victor Hugo ; les magiques merveilles
des maîtres de l'harmonie, depuis Palestrina
jusqu'à Berlioz et Wagner ; enfin mes compositions préférées : *Le Couronnement* d'Angelico,
La Cène de Léonard, *La Transfiguration* et
l'*Adolescent accoudé* de Raphaël, *Le Juge-
ment* de Michel-Ange, *Le Sommeil d'Antiope*
et *La Nuit* du Corrège, *La Mélancolie* de
Dürer, *La Danse macabre*, *La Tentation de
saint Antoine* de Callot, *La Descente de
Croix* de Rubens, une *Kermesse* de Teniers,
Les Bergers d'Arcadie du Poussin, *La
Ronde* de Rembrandt, *La Vie humaine* de
Steen, l'*Orphée* de Potter, *La Forêt* de Ruis-
daël, *Les Politiques* de Wilkie, *La Barque
du Dante* de Delacroix, *Mignon* de Scheffer,
Le Mercredi des Cendres de Charles de
Groux, *Les Casseurs de pierres* de Courbet,
L'Homme à la Houe de Millet et quelques
autres. Ainsi, Lentinette, j'aurai, sous mon
humble toit, la quintessence des grandeurs de

tous les siècles .. Pauvre humanité ! tes
magnificences, tes sublimités résumées dans
un coin, embrassées d'un regard ! N'importe, ce
sera un spectacle prestigieux et touchant,
ce rendez-vous des chefs-d'œuvre et des génies
venus du fond des âges et des lointains pays
dans ce village ignoré, chez un de leurs
fanatiques, et contemplant, témoins solennels
et familiers, le bonheur de notre enfant ! Jésus
l'enveloppera de la douceur profonde de ses
beaux yeux, Héloïse lui sourira tristement. Et
moi, moi, ruine chancelante, ineffablement
affolé, haletant de toutes les ivresses et de toutes
les mélancolies du Savoir, moi, — oh ! hier
encore, les roses de notre jardin souriaient au
souriant bambin naïf — moi, j'entendrai sortir
des abîmes du passé par milliers de souffles
mystérieux, de soupirs indicibles, de sanglots
passionnés, de râles voluptueux ; et, que
clamera-t-elle, cette formidable et vertigineuse
symphonie de souffles, de soupirs, de sanglots
et de râles ? Elle clamera :

« Vieillard, l'amour seul ne ment point !
Et ta fille aime ! Rappelle-toi les frénésies de
ton adolescence ! Nous aussi, nous avons
aimé !... Vieillard, l'amour seul ne ment point !»

Ces mots galvaniseront ma caducité. Aussi,
des lueurs dans l'œil :

« C'est vrai, balbutierai-je,... lui... lui
seul... ne... ne ment point! Et ma fille aime! »

Alors, la symphonie:

« Vois-tu, s'étendant paisible, ton Siral, le
village de ta jeunesse, de ta jeunesse de délires
et de larmes? Rien d'y changé. Ne te semble-
t-il pas que ton errante silhouette de vingt ans
va paraître sur les collines?... Mon Dieu! les
as-tu des fois gravies, Lamartine en poche,
les riants après-dîners d'automne, quand les
feuillages sont empourprés et jaunis et le ciel
gris et bleu! Jours d'or! N'est-ce pas, ce sont
encore les mêmes maisons, les mêmes chemins,
les mêmes arbres? Seulement, les arbres ont
un peu changé, mais, si peu! tandis que
toi... Oh! vois le sourire de ta fille à son
époux. Vieillard, l'amour seul ne ment point!

— Non, mais il passe...

— Qu'importe! le souvenir nous en reste
comme le parfum d'une liqueur au vase, même
brisé. Et le souvenir est un prisme! Non,
l'amour ne passe pas plus qu'il ne ment!
Vieillard, ta fille aime!

— Son bonheur ne me rend pas moins
heureux qu'elle. Durera-t-il, pensez-vous? »

Houleusement emportée comme une forêt

sous un coup de vent plus fort que les autres,
la symphonie tempêtera :

« Toujours il dure, le bonheur de ceux qui
aiment ! L'amour, au sein des orages, est
comme un roc qui ne frémit même pas ! Qui te
fortifia jadis dans tes luttes contre les ignominies éhontées ? Quelle puissance, dis, quelle
puissance te jetait brusquement debout dans la
solennité de tes nuits de travail et arrachait de
ta poitrine haletante ces cris d'énergie et ces
sanglots d'enthousiasme : « Rage des passions
généreuses, falloir te contenir ! Quand aurai-je
une autre scène, d'autres batailles, d'autres
adversaires? Être réduit à combattre des
pygmées ! Ah ! d'autres obstacles au prix de
n'importe quelles souffrances ! Eternelle justice,
tu donnes à tes champions une vigueur et une
audace inouïes ! » Vieillard, qui te transportait
ainsi? Qui te rendit inébranlable? Qui t'illu-
sionna même sur tes propres forces? Ton
amour ! »

S'adoucissant à ce mot, bien que toujours
grandiose et troublante, la symphonie continuera :

« Oui, ton amour... Il ne faut pas pleurer ;
ton rôle fut humble, mais ta conscience
immaculée : rien de grand comme la grandeur

obscure! Grâce à l'amour, tu as passé dans la
vie comme dans une fête rendue plus charmante
encore par le contraste des jours noirs. Ta
fille aime, et tu demandes si elle sera longtemps
heureuse! Ignorerais-tu qu'une heure d'amour,
une seule, suffit pour enchanter jusqu'au
cercueil? Madeleine sera heureuse de tes
félicités évanouies et des siennes. Sous ce
vieux toit, mille chuchoteries s'échappant des
objets, l'entretiendront sans cesse de ton passé.
Souvent, au bras de son époux, elle suivra ce
ruisseau que tu suivis si souvent, Lentinette à
ton bras. Et dans les solitudes de Grémontay!
Te souviens-tu des nuits bleues où tu revenais
en chantant, les joues mouillées, accompagné
par le mugissant orchestre du bois se tordant
tout entier sous l'impétuosité des rafales
d'octobre? Les chênes herculéens craquaient!
Les chevelures dorées des bouleaux fouettaient
l'espace! Et les airs étranges improvisés par
ta véhémence amoureuse vibraient à toute
volée au-dessus de ce chaos de bruits, et
l'écho déchaîné de la Grande-Roche les faisait
fortement rebondir au loin, dans le sommeil
des campagnes. Il ne faut pas pleurer: les
taillis et le parc ne resteront pas déserts. Tes
enfants s'y promèneront le dimanche et iront

aussi, les belles vesprées, contempler les
flamboyantes splendeurs du soleil déclinant à
travers les branches. Ils iront s'asseoir dans
la clairière rose de thym, sous la fraîcheur des
coudriers, où tu as dégusté Goethe et Byron.
Ils graveront, sur le hêtre géant, leur chiffre à
côté du tien. Tous tes recoins chéris leur
deviendront familiers, tous! Et si, par hasard,
dans un tronc crevassé, il y avait encore, du
temps de ta jeunesse, un squelette de feuille
morte, au passage de leur tendresse babillarde,
il tressaillira, vieillard, ce pauvre débris,
témoin de tes tendresses! Tu souris, maintenant: un pan du ciel s'azure parfois dans la
ténébreuse violence des tempêtes... N'est-ce
pas, nos voix te ravissent douloureusement? Va,
ton ravissement nous ravit aussi. Ton émotion
nous émeut. C'est que les amours d'autrui
émeuvent ceux qui ont aimé véritablement, et
nous avons tant aimé! Te lassons-nous?

— Non! non! oh! jamais! Mes douces merveilles éclipsées! Sans cesse, parlez m'en! Se
souvenir, c'est revivre. Parlez, je redeviens
jeune. Parlez, je voudrais bien pleurer encore.
Comme vous savez tout! Me vîtes-vous quand
je me roulai jusqu'au matin dans la cépée de la
Vieille-Tour, râlant de passion et de jalousie,

voulant me tuer, mais trop lâche : il était si
haut le rocher de la Vieille-Tour ! Et cette fois
où franchissant la haie du potager pour voir
Jeanne par la fenêtre, le vieux Poilu me bondit
à la poitrine ! Pauvre Poilu ! je l'étranglai
presque ! Il hurlait, on accourut, peu d'amoureux ont détalé comme je détalai ce soir-là.....
Vîtes-vous, les veillées d'hiver, ces bruyantes
parties de cartes où mes scandaleuses écoles
révoltaient jusqu'à mes adversaires ! où le gros
Baptiste, désolé de perdre un centime, me
criait, furibond : « Ne te mêles pas de jouer, si
tu veux tant regarder Jeanne ! » Déconcerté, je
balbutiais : « Regarder Jeanne ? Moi ?... Je... je
ne crois pas..., je crois plutôt... que je ne
regardais rien... » Et, au milieu des malins
sourires, Baptiste ripostait, tout violet : « On
regarde son jeu, mon bonhomme ! » — Il me
semble que c'était hier : il y a cinquante ans de
cela... Ces souvenances joyeuses ! ce ne sont
pas les moins poignantes ! Voix des âges
révolus, ma fille aura-t-elle la consolation de
souvenances pareilles, quand ses beaux cheveux
blonds seront neigeux ?... »

Je sentirais deux bras à mon cou et, sur mes
rides, la tiédeur veloutée d'une joue :

« Tu t'assoupis, père... Tes lèvres murmuraient...

— C'est toi, chérie.... Je rêvais un peu,
j'allais m'endormir... Tu comprends, à mon
âge... Si ta mère était ici, Madeleine! Le
cimetière nous l'a volée...

— Dieu nous la rendra.

— Ah!...

— Pour jamais, mon père.

— Ma pauvre Lentinette!...

— Espérons en Dieu.

— Dieu n'en avait pas besoin. Moi, je
n'avais qu'elle... Maintenant, ma fille, voilà que
tu pars aussi, toi...

— Oh! je reviendrai!

— Oui, changée! Si tu devais choisir entre
ton époux et ton père?.... Ne te défends point,
ma fille, tu dois bien suivre la loi de nature :
tu ne l'as pas créée, cette loi... C'est moi qui
la viole en m'obstinant à vivre tant...

— Je t'en supplie!... Pauvre père adoré!
Bénis ta petite Madeleine! »

Nul ne comprendra nos sanglots étouffés. Ils
tapageront, la face rouge et le verre en main,
insoucieux de la terrible leçon, muettement
éloquente, imprimée dans l'immortelle magie
des tableaux par les siècles et les passions qui
furent et qui ne sont plus, qui ne seront jamais
plus...; et leur gaieté banale, et le trouble de

l'époux et notre fille agenouillée, tout redou-
blera ma douleur! Ah! Lentinette, quand je
songe aux ouragans d'idées et d'images, les
unes attendrissantes, les autres épouvantables,
qui assaillent et secouent mon cœur et mon
cerveau dans de tels moments, quand je songe
à cette involontaire et obsédante évocation des
nombres, des espaces et des temps qui viennent,
comme d'inflammables combustibles sur un
foyer, embraser ma souffrance, ma chère! ma
chère! si je ne tombe en défaillance, ma raison
résistera-t-elle?...

Viendrait enfin l'épreuve de la séparation.
Quel déchirement! M'apparaît, vision saisissante, le tableau dans ses plus infimes détails:
la place de la voiture, les pierres du chemin, le
feuillé du voisinage, un roitelet balancé par une
fléchissante tige d'osier, j'ai tout devant les
yeux, nettement. J'entends la portière se
fermant, sans pitié pour mes hoquets. Des
enfants, les vieillards... Et puis, j'aurai peur
de me trouver seul, ce sera la première fois...
Tiens! comme dans les circonstances les plus
cruelles, le prosaïsme de quelque incident vous
dispute jusqu'à la volupté des pleurs, la
révoltante indifférence du cocher sacrant
grossièrement sur ses chevaux, par exemple,

me tourmentera davantage encore, si c'est
possible.... Oh! quand le sourire de Madeleine
et le mouchoir agité, disparus derrière le
nuage de mes larmes, je rentrerai, quel
désespoir! Cramponné aux meubles, je m'y
cognerai le crâne, arrachant de vieux cris de
mes entrailles! Vide partout, insupportable
vide! Un crêpe noircira tout. Non, tu ne
connais pas, mignonne, les jours où, la
souffrance vous affolant, on s'emporte rageuse-
ment contre la stupide placidité des choses, où
d'aigus énervements vous jettent par terre,
où de frémissantes angoisses vous emplissant
les épaules, un magnifique éveil de bestialité
vous pousse à crier, à mordre, à lutter, à
étreindre, à broyer! Suivent les palpitations de
la poitrine, l'affaissement énervé, l'émotion
délicieusement soulageante, les yeux qui ruis-
sellent... Aurai-je encore la force d'éprouver
ces sensations! Ne me tueraient-elles pas!
Comment échapper à cette torture! Par la
fenêtre, je regarderai ces lieux étonnés aujour-
d'hui déjà de ne plus me voir petit... Rien!....
Une femme attardée marchant très vite, puis,
désert;... un lointain sifflet de locomotive,
puis, silence ;.... et la nature, de plus en plus,
s'effaçant dans les ombres nocturnes...

« Va dormir, va, vieille poussière meurtrie ! »

Le lendemain, m'éveillerais-je, Lentinette ?
Je ne sais. Jouirais-je de leur retour et de leur
félicité ? Peut-être, mais, certes, pas longtemps.

Singularité, la vie... Apre lutte sur la pente
d'un gouffre ! Ce gouffre, c'est la mort : chute
inévitable, horrible, bien qu'inconsciente, ma
chère, puisqu'on meurt comme on s'endort.
Le sommeil nous familiarise tous les jours
avec la mort. Devrait-on redouter la mort qui
n'est qu'un sommeil sans cauchemar ? Que
veux-tu ! Elle obsède et glace les plus coura-
geux. C'est que le sommeil est l'attente du
matin lumineux et gai ; mais le matin de la
mort, quel est-il ? J'ai lu les philosophes, ils
m'ont assombri. Ils m'ont appris que la
différence des attributs implique la différence
des substances et démontré que l'âme et le
corps ont des attributs différents... Bien
d'autres choses encore : une foule de raisonne-
ments serrés et profonds que tu ne compren-
drais pas, chère Lentinette. Eh bien, que
sais-je, au fond ? Rien de concluant. Les plus
affirmatifs et les plus sereins prouvent trop,
pour n'être pas sceptiques. Mon espoir et ma
foi viennent de mon cœur. Aimant, je ne puis
ne pas croire. Comment, d'ailleurs, aurait-on

l'idée de ce qui n'existe point? La mort est une ouverture sur des splendeurs. Le fond du gouffre est un Eden. Tu te rappelles *La Vision de Mirza* d'Addison que je t'ai lue un soir d'hiver?... Mais, ce qui me soucie, c'est de savoir quelles sont ces splendeurs et cet Eden... Chacun devrait choisir le sien. Lequel choisirions-nous, Lentinette? Une ancienne et poétique croyance affirme que nous revenons invisibles dans les lieux où nous avons vécu. Si c'était vrai! Quel rêve, quel paradis vaudrait celui-là?

Ecoute :

La puissance de notre amour aidant, un bruit sourd t'éveillerait tout-à coup : ce serait mon cercueil s'allongeant à côté du tien. La terre retombée, je briserais tout! Quelle étreinte !

« Est-ce toi, ma vieille pauvrette! »

Impossible de dire un mot de plus. Nous resterions des semaines et des semaines, pâmés dans une béatitude.

Enfin, je retrouverais la force de chuchoter :

« Quelles ténèbres! Ne pourrais-je te voir? Tu dois être bien ridée... Je ne pensais guère à cela, quand ma bouche pressait ton ravissant visage rose pâle, doux comme une joue de

nouveau-né... Les savoureux baisers! Dès que
j'en parle, il me semble sentir encore leur
trace mielleuse sur mes lèvres. Bah! nos traits
ont changé, mais pas nos cœurs... Nous
allons enfoncer dans les âges, paisiblement
charmés, en devisant, comme autrefois, sur le
banc, nous devisions de nos souvenances ou
de nos projets, avec une sérénité rêveuse. »

Au crépuscule, nous sortirions, et comme
des époux octogénaires retournant au logis
après une promenade, nous voilà suivant, à
pas pesants, les chemins familiers. Tu sais,
l'autre jour, que nous regardions par dessus
la haie le père Jacques et sa femme remonter le
sentier à grand'peine, Marie-Jeanne s'arrêtant
essoufflée, nous a dit : « Vous souriez, n'est-ce
pas, vous deux, de nous voir si vieux et si
lents? Bon! bon! Chacun son tour, mes enfants.
Nous avons souri des autres aussi, le père
Jacques et moi... » Qu'ils ont eu du mal à
gagner le bois! Nous serions ainsi, Lentinette.

Je dirais :

« Tu es plus ridée encore que je n'aurais
cru, chère femme... Avançons, nous allons
revoir notre fille. Je me sens venir des larmes
rien que d'y penser... Avançons plus vite...
Quelle tranquillité!... Tiens! les fenêtres du

Rameau de Houx éclairées ! Danserait-on ?
Sans nous !... Ma femme, nous arrivions
toujours les premiers. Les camarades, le
village tout entier se trouvait là : une grande
et joyeuse famille. Oh! vers minuit déjà, le
vin, si mauvais qu'il fût, faisait frétiller toutes
les jambes. Les papas et les mamans se jetaient
dans la mêlée et s'y comportaient vaillamment.
Dans les coins, les marmots tournaient comme
des toupies, à outrance. Quelles ruades et
quelle poussière! En passant sous les musiciens, je ne manquais jamais de te dérober un
baiser dans le cou, malgré tes moues et tes
protestations : « Non, non, pas ici... on nous
voit... en retournant... — Rassure-toi, cela
ne nous empêchera pas de le faire encore en
retournant! » Au fond, je le savais, ma femme,
tu n'étais pas fâchée. Le morceau fini, tous
ensemble autour de la table du cabinet, après
une lampée ou deux, on entonnait *Rappelle-toi*
ou la *Dernière Larme* ou *Leym' plorer* :
vingt têtes curieuses se groupaient à la porte ;
la mélodie avançait, clopin clopant parfois,
tiraillée çà et là par un couac timi le de ténor
et par le fantaisiste accompagnement du gros
Baptiste, une basse-taille redoutable... Puis, le
retour par bandes, le retour, ma femme...

S'amusent-ils là-bas ! J'entends un bruit vague..
leurs cris et leurs chansons, sans doute...
Gaîté frondeuse et sentimentalité troublée du
Wallon, vous n'êtes pas encore mortes !... Nos
enfants, Lentinette, sont peut-être là ! Avançons... Ma femme, les fenêtres sont devenues
noires !... On ne danse pas, c'était un reflet de
lune dans les carreaux !...

— Mais ces cris et ces chants, mon ami ?

— J'aurai mal entendu... Pourtant... ce
bruit sourd. . C'est l'écluse ! »

Arrivés près de la fenêtre, nous regardions
dans la salle obscure... Rien ! Une blanche
dentelle de clarté sur les planches. Dans un
angle, des sacs de pommes de terre.

« O nuits de folies, de rires, de valses et de
refrains dans l'éclat des lumières ! Quelle
tristesse aujourd'hui !.... Soirées, humbles
soirées intimes de bal champêtre, ne pourriez-
vous revenir ? Soirées où s'épanouissait,
comme une rose entr'ouverte, ma vieille femme,
ton sourire de seize ans ! où l'exquisité de ton
profil adorable fascinait les plus froids regards !
Où serait bien, crois-tu, ta flottante robe à
fleurettes d'azur qui volait avec tant de grâce
dans le tourbillon des quadrilles, au rhythme
de l'orchestre ? Ah ! mon Dieu !... »

« Avançons, ma vieille Lentinette. J'aperçois notre pignon... »

« Cher, cher petit hameau! Façades amies! Nous revenons, ma pauvre femme et moi. »

Nous serions bientôt dans la cour, le visage aux vitres. Les voilà! Les voilà côte à côte, assis dans le coin du buffet et du foyer, notre place préférée, les voilà comme deux ombres, dans l'obscur vacillement rouge du feu mourant.

« Écoutons, Lentinette. Mêlent-ils un peu notre souvenir à leur entretien?... Mais, à quoi songeons-nous! les vrais amoureux, même quand ils sont seuls, parlent à voix basse... Pourquoi donc pleures-tu, ma vieille Lentinette ?

— Oh! ce que tu demandes à une mère témoin du bonheur de son enfant!

— Viens, cela te fait mal. »

Je te conduirais, par le hangar et l'étable, dans l'étroit corridor obscur.

« Sans bruit, montons les marches usées... Par ici, dans notre chambre... Malgré la demi-obscurité, je reconnais tout.... Voici le coffre; pourquoi l'ont-ils reculé? je l'aimerais mieux dans le coin, comme autrefois.... La garde-robe; dessus, les deux bocaux; tiens! la cage aussi! notre serin sera mort; aurait-il eu

faim?.. Ton portrait à dix-neuf ans ; oh! j'avais
bien saisi ce joli sourire affectueux et pourtant
un tantinet malicieux, n'est-ce pas? Ne dis pas
non, tu fus toujours un peu malicieuse. Mais,
comme je t'adorais, j'adorais ta malice, même
exercée à mes dépens ; et tu m'as joué maint
bon tour... Madeleine, plus soucieuse, est vraiment ma fille. Néanmoins, elle peut se regarder
dans le cadre comme dans un miroir.... Ainsi,
miracle de la tendresse, nous revivons tous
deux en elle... Avançons... La table. Ceci?
La Vie de Bohême, Lentinet! *Hier en
voyant une hirondelle*... Bien-aimé Murger !
Ils l'ouvrent sans doute ensemble de temps en
temps comme nous. Voici le lit. Ce sont encore
nos rideaux à feuillages lilas et nos oreillers à
carreaux rouges. Pauvre nid de nos amours!
Ah! ma vieille blanchie, on n'était pas plus
mal là dedans qu'entre ces planches noires....
Enfin!... Il se fait tard, Lentinette: si nous
regagnions notre couche... là-bas... »

Un dernier regard sur la félicité de nos
enfants, et nous quitterions lentement la
métairie et le hameau en nous retournant à
chaque pas.

Lentinette! vivre à jamais dans les lieux où
l'on a grandi, souffert et aimé, quel idéal!

Quelle échappée dans le fond ténébreux de la
vie! Quelle victoire sur la mort! La douleur ne
serait plus qu'un mot: comme ces insignifiants
points gris qui rendent plus resplendissant
l'azur d'un ciel d'été, elle ne parviendrait qu'à
rendre l'existence plus délicieuse.

Oui. quel idéal! D'abord, elle est douce,
quoique un peu noire, la terre natale, la terre
wallonne; et l'on doit bien y reposer, à deux
surtout, les bras autour de la taille, aux
charmes de ces nonchalantes causeries qui
dévorent les heures. Ensuite, nous sortirions
fréquemment revoir les chemins, les champs,
les bois, les collines de Siral, et, le plus
souvent, nos logis et nos enfants. Que de
souvenances à évoquer! De sourires attendris!
De délectables larmes! De promenades du
cimetière à la métairie et de la métairie au
cimetière! Nous retournerions chaque fois le
cœur gonflé du bonheur de Madeleine et
hochant la tête de pitié quand une fenêtre nous
laisserait apercevoir, moins heureux qu'elle,
une bonne fille, assise seule, son tricot tombé
sur les genoux, les yeux perdus, songeuse,
parce que l'âge commencerait à menacer sa
lueur de beauté, et que celui qu'elle aimerait
tant, ne vient pas...

Si Madeleine était ainsi, quel chagrin pour nous! Mais non, son époux l'idolâtrerait et dans nos chambres gazouilleraient deux ou trois blondins mignons et rieurs... Et pendant que nous les regarderions grandir, tant la félicité de ceux que nous aimons nous semble plus courte encore que la nôtre, subitement Madeleine grisonnerait. Un jour, le fossoyeur nous la rendrait, Lentinette... puis son époux... ses enfants... ses petits enfants et leurs enfants... et sans cesse... Alors, comme dans la paix de cette radieuse vesprée où nous descendions la Meuse, main dans la main, les yeux entrefermés, pour mieux goûter notre ivresse, nous commencerions un voyage, mais, cette fois, qui ne finirait point... Alors, mon amie, tu pourrais sonder l'abîme de ma passion et tu le trouverais sans fond comme cette éternité qui nous engloutirait, avec notre fille...

L'Éternité!

Voile d'Isis qu'aucune puissance humaine ne saurait soulever! Mot glaçant! Mot à faire éclater un crâne! Ah! Lentinette, prononcer ce mot, c'est te dire ma tendresse! Une éternité à Siral! (Je n'ose parler de la métairie, la grange se lézarde déjà.) A Siral donc. Tel est l'espoir

de mon amour... Mais, je me prends à y
songer, dans un siècle ou deux, Siral ne
sera-t-il pas transformé aussi ? — et qu'est-ce,
deux siècles dans l'éternité! Siral même ne
doit-il pas disparaître? Oui, disparaître! Des
savants qui parlent de cataclysmes, d'époques,
de fossiles, affirment que tout ici-bas se
modifie, que la terre a changé à plusieurs
reprises de configuration, d'animaux et de
plantes, et qu'elle en changera vraisembla-
blement encore. Selon eux, l'Océan, jadis ici,
doit y revenir un jour. Ainsi, comme jadis, des
monstres marins se vautreront sur nos collines
et dans notre vallon ; comme jadis, dans notre
atmosphère erreront des poissons par milliers.
Oh ! quand les flots auront ravagé notre
village, quand des peuples couvriront des
terres aujourd'hui sous les flots, et que rien
ne restera de nos temps, sauf un chapitre dans
l'histoire ancienne et les rares œuvres du
génie, où seront les débris de nos maisons?
Habiterions-nous encore le cimetière? Hélas ! il
ne sera plus qu'une boue liquide où les
crustacés et les lamproies fourmilleront dans
les ossements rouillés ; car enfin, il y a des
ossements dans les cimetières, et, souvent, les
miens ont frémi comme ceux d'Hamlet, en

voyant l'œuvre de « monseigneur le ver » et
les crânes « souffletés brutalement par la bêche
d'un fossoyeur ! » Ces ossements, d'où vien-
draient-ils, si nous revenions invisibles dans
les lieux où nous avons aimé? Comprends-tu,
maintenant, pourquoi dans les ardeurs les plus
exquises de nos étreintes, tu me vois tout à
coup les yeux humides et le front soucieux?
Comprends-tu? Ce n'est point tout! T'ai-je dit
que, peut-être, le monde lui-même sera détruit?
Sais-tu qu'il n'est qu'un atome, un raccourci
d'atome, disait Pascal, dans l'épouvantable
univers? Sais-tu que le soleil, éloigné de
millions de lieues, touche notre globe en
comparaison de ces innombrables lointains
soleils, nommés étoiles? Que l'imagination
s'arrête, fourbue et terrifiée, à la limite des
espaces? Qu'il est, dans ces espaces des
milliards de milliards de soleils, centres de
planètes comme la nôtre? Sais-tu que ces
planètes, habitées aussi, sans doute, ont vu,
comme les ondes vertigineuses d'une cascade,
des générations pressées s'évanouir? des
passions s'agiter, puis, comme des gouttes de
pluie dans une mare, disparaître après un petit
bruit et un petit rejaillissement? des événements
« mémorables » et de « grandes » choses

accomplies ? des héros, des lâches et des
infortunés ? des mères bonnes et dévouées ? de
touchants amours que je voudrais connaître?
des sots (en majorité partout) traverser la vie
comme les aveugles les magnificences autom-
nales d'un site désert et boisé ou comme des
brocanteurs un musée de chefs-d'œuvre?... en
unmot, toutes les poésies et toutes les tristesses
qui nous environnent?... Peut-être même, prodi-
gieuse coïncidence qu'explique leur nombre
inouï, l'une d'elles renferme-t-elle un autre moi
écrivant dans sa chambre, les pieds sur les
chenets, entouré de livres, de paperasses et
d'esquisses, contemplant avec mélancolie le
sourire de sa Lentinette, ta sœur, et se
demandant s'il pourra jamais, subtil passionné,
recueillir entièrement dans une œuvre le
charme et le parfum de ses suaves souvenances
et de ses délicates et sauvages tendresses...
Mais... mais qu'est-ce donc? Oh toi! c'est toi,
Lentinette, qu'à cette enthousiaste évocation,
mon imagination, mon cœur, plutô.. aperçoit
soudain, radieuse et caressante, muette
d'émotion, humblement extasiée et les bras
ouverts comme le soir, sur ton seuil, au
moment de l'adieu, quand je retourne cinq ou
six fois t'embrasser, ne pouvant partir.

Adorée, mon amour me rend intarissable.
Harpe éolienne, un souffle suffit pour le faire
résonner. C'est une mine à laquelle le moindre
objet sert d'étincelle. J'écrirais ! j'écrirais un
volume sans y songer : je te chéris tant ! Pour
moi, chacune de mes phrases est un poème.
Regarde dans chaque mot comme dans ces verres
magiques au fond desquels apparaissent des
merveilles : tu y découvriras, délicieusement
détaillées, nos souvenances, nos chères souvenances. Tout ce que je peux, c'est tracer, avec
un fleuron çà et là, le canevas de ces souvenances : à ta mémoire de les broder pieusement,
simples et pourtant resplendissantes !... Où
donc étais-je ? Dans quelque planète, mon amie,
te disais-je, il est peut-être un autre moi
écrivant dans sa chambre, les pieds sur les
chenets, entourés de livres, de paperasses et
d'esquisses, contemplant avec mélancolie le
sourire de sa Lentinette, ta sœur, et se
demandant s'il pourra jamais, subtil passionné,
recueillir entièrement dans une œuvre le
charme et le parfum de ses suaves souvenances
et de ses délicates et sauvages tendresses, et
sondant, avec anxiété, les redoutables problèmes
de l'au-delà. Ah ! mon frère, l'effréné rêveur !
tu connais donc mes angoisses ! Ta planète,

comme la mienne, ne doit-elle pas être
détruite? Et toutes les autres planètes? En
existerait-il d'une nature différente? L'une nous
attendrait-elle avec nos villages et nos toits?
Nos Lentinettes viendraient-elles nous y
rejoindre, éclatantes de jeunesse et de beauté?
Nous demanderions si peu! Il nous suffirait de
ravoir nos coins, nos livres, nos fleurs à
soigner, nos jardins, nos prairies, nos cours
avec leur champêtre désordre, peuplées de
lapins et de poules où nous irions nous asseoir
sur un fagot avec ces mignonnes idolâtrées qui
nous diraient encore, affectueusement câlines,
en avançant leur petit nez rose sous nos yeux
distraits et graves: « Je vous défends de m'embrasser!» Retrouverions-nous nos Madeleines
bambines, espiègles et douces? Dieu nous
réserverait-il des ivresses que nos sens et nos
et nos facultés ne sauraient concevoir?
Ecrasant mystère! Trop y réfléchir rendrait
fou! Que d'extravagants espoirs! Je m'imagine
parfois que, grâce à l'éternité, l'infinité des
combinaisons matérielles devra fatalement
rassembler, telles qu'elles sont aujourd'hui, nos
molécules éparses dans le monde et nous faire
revivre incessamment entre de courts sommeils,
car un sommeil d'une myriade de siècles ne

doit point sembler plus long qu'un sommeil
d'une nuit. Mais l'âme alors? Elle ne serait
donc pas distincte du corps? Qu'importe,
puisque le même organisme donnerait le
même résultat!... Ou bien je présume que
Dieu, c'est l'ineffable civilisation des très
lointains âges futurs, que notre globe seul est
habité, que le génie humain conquerra les
autres, que l'Univers appartiendra, obéira aux
organisations aimantes et généreuses recons-
tituées par la Science, et qu'on revivra sans
cesse, à volonté, l'exquisité pleurée des jours
morts. Qu'ils rient, les obtus et les glacés!
Moi, je conçois, entre nous et ces êtres, la
distance entre l'imperceptible instinct du
zoophyte et notre intelligence. Tu me deman-
deras, Lentinette, pourquoi ces méditations
éperdues. Est-ce orgueil? Folie? Non, excès de
tendresse, plutôt! Ma tendresse! C'est elle qui
rue désespérément ma raison contre les
indestructibles parois de son cachot, la rendant
ainsi livide et saignante. C'est elle qui, voulant
lui faire prendre l'essor, épuise mon imagination, captive, hélas! comme un oiseau
chanteur, l'aile entr'ouverte et frémissante,
mais encagé. C'est elle, suppliciée par un
doute, qui crée Madeleine pour échapper à

l'effroi révolté du néant, oubliant que s'il existait, Madeleine serait engouffrée aussi!... O nuit opaque! terreur! ignorance! Quoi? Mais quoi donc? Existons-nous? Que faire? Que croire? Qu'espérer? Que sais-je, sinon que je ne sais rien? pas même si nous avions une fille, ma chère Lentinette.

FIN. -

TABLE